クラウドガール

　自分の吐く息が、嗄《か》れた喉をじりじりと痛めつける。唾を飲み込むと喉に焼けるような痛みが走った。感覚がなくなり始めた足を勢い良く踏み出し続け、ドンキの前を走り過ぎ、女の子に寄り添う見慣れた後ろ姿を見つけた瞬間、潰れるような胸の痛みに顔を顰《しか》める。一瞬すくんだ足を、煌々《こうこう》と灯《とも》る青信号が再び喚起させた。

「オミ！」

　私の声に振り返るその顔は、何が起こりつつあるのか了解した表情を浮かべている。

「この野郎！」

　ワイシャツの襟首を金髪と一緒に鷲掴《わしづか》みにする。違うんだって、という晴臣《はるおみ》の声を遮るようにして、手に握ったスマホを晴臣の側頭部に叩《たた》きつけた。隣の女がきゃっと悲鳴をあげて後ずさる。がつん、ごつん、ごつん、何度も振り上げては振り下ろされるスマホの液晶には三度目の衝撃でひびが入り、四度目の衝撃でガラスの破片がいくつか砕け散った。バックアップ取ってたっけと思った瞬間、女が走り去っていくカッカッカッという安っぽいヒールの音が聞こえた。

「違うんだよ杏《あん》！　お願いだから話聞いて！」

スマホを放り投げ、倒れ込んだ晴臣に馬乗りになって、胸ぐらを両手で摑み拳を首に食い込ませる。

「何の話？」

「何もしてないんだって。あの子まだ中学生なんだよ」

じゅわっと、頭に血が上る音が聞こえた気がした。ふざけんな！　そう怒鳴ると右腕を振り上げて拳を晴臣に振り下ろした。晴臣は両手のひらを私に見せ「違う、待って、違うんだって」と続けていた。涙が零《こぼ》れて、足の付け根が震えた。殺してやる！　怒鳴り声をあげ、私は泣きながらまた拳を振り下ろした。

散々殴られて地面に座り込んだままの晴臣の傍《かたわら》で煙草《たばこ》を吸っていると、パトカーがやって来た。えっと、痴話喧嘩《ちわげんか》なんです。全然大したことじゃないんです。僕たちにはよくあることっていうか。目を腫らして頭と口から血を流す晴臣の言葉は無視されて、私たちはパトカーで渋谷警察署に連れて行かれた。

はいはい、今彼の話聞いてるからね。後で君の話も聞くけど、とりあえず細かいこと聞いてもいいかな？　名前は？　年齢は？　十六？　だめだよ君深夜に十六歳が渋谷うろついちゃ、親は？　え、一人暮らし？　同棲《どうせい》？　あのさっきの彼と？　誰か親代わりは？　祖父母？　連絡先聞いてもいい？　高校は行ってるの？　ああそう、ちゃんと卒業しなさいよ。それで、君お酒飲んでる？　いやいや嘘《うそ》でしょ酒臭いもん。どこで飲んだの？　家？　本当に？

初老の警察官は質問攻めにした後、痴話喧嘩って、彼氏の浮気とか？　と同情するような視線を向けた。

「何でそんなプライベートなこと言わなきゃいけないの？　ていうかどうしてあんな喧嘩で拘束されないといけないの？」

「仕方ないだろう。街中であんな暴力沙汰起こしておいて、そんな簡単に解放できないよ。さっきまで人を殴りまくってた人が野放しにされてたら君だって怖いだろう？」

「ご両親がいないって、どういう経緯《いきさつ》なのか聞いてもいいかな？」

「死んだ」

警察官が信じてなさそうな表情を浮かべるから、私は眉を上げ嘘じゃないしと肩をすくめた。

「色々あったの」

一通り質問攻めが終わって数十分経《た》つと、晴臣が警察官と取調室から出てきて、じゃあ次彼女来て、と呼ばれた。すれ違いざまに膝の裏を蹴りつけると、いてっ、と晴臣は声をあげた。

「何なの私もう帰りたいんだけど」

「はいはいいいから座って」

六畳もないような部屋には、いわゆるテレビでよく見る取調室で刑事と容疑者が顔を突き合わせる小さなデスクではなく、大きい折り畳みテーブルが二つ並べて置かれていて、私と警察官は机を挟み、間抜けなほど離れて向き合った。

「ただの痴話喧嘩。友達からスナチャで彼氏と女の子が一緒に歩いてる画像が送られてきて、偶然近くに居たから追っかけて、それで殴ったり蹴ったりしたけど、女の方には手出ししてない」

「君、親いないの？」

調書を読む目の前の警察官も不審そうに聞いた。私明日も学校なんだけど帰って宿題やんなきゃいけないんだけど、と眉間に皺《しわ》を寄せる。

「駄目。あの彼氏の保護者が迎えに来るっていうから、その人に送ってもらいなさい。君の祖父母とは連絡が取れないみたいでね。この番号本物？」

「おばあちゃん不眠症がひどいから深夜は電話線切ってるの。ていうかオミの保護者って誰？」

「マネージャーさんらしいよ。お母さんの」

あっそ、と呟《つぶや》くと、ねえ、あの彼氏のお母さんって、本当に長岡真理《ながおかまり》なの？　と警察官が声を潜めて聞いた。

「知らね」

俺ファンなんだよー、と情けない声でおどける警察官がうざくて私は無表情のままテーブルの木目を数え始めた。

ご迷惑お掛けしました。中野《なかの》さんが頭を下げ、中野さんに促されて晴臣も頭を下げた。杏ちゃんも。という言葉を無視して黙ったまま立ち尽くす。怒りが収まらずもう一度晴臣の背中に拳をぶつける。止《や》めなさい止めなさい、と警察官がまた間に入ろうとするから、逃げるように署を出た。

「杏ちゃんも乗って。家まで送るから」

「杏聞いて。あの子は中学部の子でね、家出したって、話聞いて欲しいって言うから、話聞いてあげてただけなんだよ。アドバイスも何もしてない。ほんとただ聞いただけ」

「私シェルカのロッカーにバッグとか全部入れっぱなしだから取りに行かなきゃ。中野さん、丼の頭通り沿いにハンズの方に行ってください。そっからは自分で帰る」

そう言うと私は助手席に乗り込んだ。駄目よ、家まで送る。シートベルトを締めながら中野さんははっきりとした口調で言う。オミが女と歩いてるの発見、と友達から画像が送られてくるまで、クラブでメルボルンシャッフルのステップを練習していた。一緒に行ったEDMのフェスで見惚《みと》れていた私に、シャッフルのやり方を教えてくれたのは晴臣だった。足をつっつ、つっつつ、ってランニングマンみたいに滑らせてステップ踏むでしょ？　そんで、こうやって横にくねくねって足を動かすでしょ？　その二つを組み合わせるとほら、つるつるって滑ってるみたいに見えるでしょ？　その場で実践してくれた晴臣のステップを見て、やってみたい！　とはしゃいでから、晴臣に教えてもらったり動画を見たり、西新宿のビル街で踊っている友達に混じって練習してみたりして、最近ようやく動きが馴染《なじ》んできたところだった。今日のシェルカは人が少ないから思いっきり踊れるよと、晴臣も誘おうと思っていたところだった。そんなところに、突然晴臣が女の子と歩いている画像が届いて、全てがめちゃくちゃになった。

「ねえ杏。聞いてってば。ねえ聞いてよ」

晴臣が後部席から乗り出して勢い込んで喋《しゃべ》り出す。

「マックで話聞いてあげてたんだって。ご飯も一緒に食べてないよ。マックフルーリーだけだよ？　二時間くらいかな、お母さんが干渉するとか、スマホ止められたとかそういう愚痴聞いてさ。でまだ帰りたくないって言うから、頭冷やそうって、ちょっと歩いてただけなんだ。ちょっと歩いたらタクシーに乗せて帰らせるつもりだったんだよ」

「何回目？」

「……え？」

「こういうの」

晴臣は言葉を濁らせた挙句黙り込んだ。答えるつもりはないようだった。深夜に渋谷のホテル街周辺を女の子と歩いておいて帰らせるつもりだったとはよく言ったものだ。

「中野さんて男の浮気許したことある？」

「ありますよ。でも二回目がばれた時に別れた」

「そうだよ。二回やったら別れる。それが普通だよ。どうしてまた許しちゃったんだろうって繰り返されるたびに思う。前回の時の私、どうして許しちゃったのって、またやったよこいつって、前回浮気された自分を何でどうしてって責めるの。どうしてこいつのこと諦めなかったのって。どんどん自分が嫌いになってく。オミのことは端《はな》から信じてないから裏切られても嫌いにはならない。でもどんどん自分が嫌いになってく。許しちゃう自分とか、信じたいって思っちゃう自分をどんどん信じられなくなってく。あ、ここでいい。すぐ裏だからこっから歩いてく」

ここで待ってるから戻って来なさい。背中にそう声を掛けた中野さんに答えないまま、私は車を降りた。短パンから伸びる両足の間に勢い良く風が通って、二の腕の鳥肌を撫《な》でながら路地に入る。

もう一踊りしようかと思っていたけれど、どすどすと音楽の振動を感じた瞬間もう全てが嫌になってロッカーに向かった。店を出て、尻ポケットからスマホを取り出すと、晴臣からのメッセージが入っていた。液晶全体に広がったひびの中から、「どう考えても俺は杏のことだけが好きなんだ」という一文を読み取る。どう考えてもと言う、その考えているお前が信用できないんだ。ロックボタンを押すと同時に、ひび割れの中でぐらついていた小さな破片がぽろっと落ちた。ジャケットの袖で涙を拭い、中野さんの車とは逆方向に歩き始める。家まで歩いて帰れるだろうか。ひどい顔を誰にも見られたくなかった。誰にも会わずひっそりと、このままどこかで野垂れ死んでしまいたいと思いながら、私はスニーカーの中でじくじく痛む足を無理矢理踏み出し続けた。

ドアを開けた瞬間、違和感に気づく。あっと思った瞬間、靴棚の上に懐かしいキーケースを見つけて胸が高鳴っていく。慌ただしくこすり合わせるようにしてスニーカーを脱ぐとリビングのドアを開けた。

「理有《りう》ちゃん！」

窓際にトランクがあるのを見て確信する。廊下に戻って一つ目のドアを叩く。理有ちゃん！　と言いながらノブを回すと、うるさいよ、とクローゼットを整理していた理有ちゃんが苦々しい表情で振り返った。理有ちゃんおかえり！　言いながら理有ちゃんの胸に飛び込む。

「ただいま」

理有ちゃんの腕は、しがみつく私のそれよりも強く、私を抱きしめた。ずっと待ってたんだよ。ずっと寂しかった。帰って来るならどうして連絡くれなかったの？　理有ちゃんは私よりも三センチ背の高い体を僅かに離して「メールしたけど」と呆《あき》れたように言った。

「返信しなかったのは杏でしょ。私は二回メールしたよ」

「あ、パソコンにってこと？　私パソコンのメールは使わないの。今時パソコンメールなんて理有ちゃんらしいね。スナチャやってる？」

「今時、PCのメールはスマホでもタブレットでも受信できるのよ。スナチャって、履歴が消えるやつだっけ？」

「そう。私今あれメインだから理有ちゃんも入れて」

「履歴消えちゃうなんて不便じゃない」

「消えちゃうからその時を共有できるんだよ。リアルで一緒に楽しいことしてても、記憶にしか残らないでしょ？　それに残ると思ったら言えないこともあるしね」

「ていうか杏どうしたの？　その顔」

理有ちゃんはそう言って、私を覗《のぞ》き込んだ。思わず顔を俯《うつむ》け理有ちゃんの両腕をしっかりと掴む。

「ひどいの、晴臣が……」

「まだ付き合ってたの？　別れろって言ったのに」

「理有ちゃんの言う通りだね。理有ちゃんの言うことは全部正しい」

そんなことある訳ないでしょと、理有ちゃんは鼻で笑った。理有ちゃんの声がパソコンやタブレット越しではなく、生で聞こえることに、震えるほど感激しているのに気づく。理有ちゃんの不在を、私は晴臣と一緒にいることで埋めてきた。晴臣のマンションに入り浸り、学校以外の時間をほとんど晴臣と遊ぶのに費やすことで、私は理有ちゃんの不在から目を逸《そ》らし続けてきたのかもしれない。そう思うくらい、私を包み込む理有ちゃんの腕は、私を安心させ、ぼそぼそに乾いたスポンジに水が染み込んでいくように満ち足りていくのを感じた。

「ねえ理有ちゃん聞かせて。マレーシアのこと。どんなことしてたの？　どんな国だった？」

ちょっと待って。今晩は色々連絡しなきゃいけない所があるから、話すのは明日でいい？　理有ちゃんの言葉に、じゃあここで寝ていい？　と理有ちゃんのベッドを指差して聞くと、理有ちゃんは今日だけねと苦笑した。

「杏は変わらないね」

私は理有ちゃんにそう言ってもらいたくて、変わらないでいるのかもしれない。理有ちゃん、これからはずっと一緒だね。ベッドに入ってそう言うと、デスクから振り返った理有ちゃんは何か言いたそうな顔をして、何も言わないでパソコンに向き直った。理有ちゃんは私に自立してもらいたいんだろう。理有ちゃんは私よりも私にとって正しいことを知っているから、きっと私には自立が必要なんだろう。でもその正しさを受け入れるかどうかを決めるのは私だ。遠足の前日のような興奮と、嵐の前のような不安が入り乱れる胸元に布団をかけ、私は理有ちゃんの背中を見つめながら眠りについた。

一寸の迷いもなく強烈に差し込む朝日に僅かな呻《うめ》きをあげ、サイドテーブルから取り上げた眼鏡をかけ、隣で眠る杏を見つめる。マシュマロのような、粉がはたかれたように白くキメの細かい肌。波形にカールしたふわふわの茶色い癖っ毛。異国のお姫様が自分のベッドに迷い込んだようだ。とそこまで考えて、そんなことを考えている自分が気持ち悪く感じられ、重たい体を無理やり起こす。

半年ぶりに戻った家は、思ったほどには荒れていなかった。恐らく、杏はあまり家に帰っていなかったのだろう。冷蔵庫にほとんど食料はなく、マレーシアに行く前に私が杏のために買い込んでおいた冷凍食品はほとんどそのまま冷凍庫の中に眠っていたし、何故《なぜ》か唯一テーブルに置いてあった八枚切りの食パンは、当然の如《ごと》く丸々灰色に黴《か》びていた。昨日買い込んだ食材で朝ごはんを作っていると、杏が寝ぼけた表情のままリビングにやってきた。

「良かった。理有ちゃんが帰ってきたの、夢だったのかと思った」

「杏、昨日酔ってたからね」

「全然！　二杯しかだよ！」

「何があったの昨日？」

「浮気したオミのこと追いかけて殴って、警察連れてかれて事情聴取されて、中野さんにクラブまで送ってもらってそっから二時間かけて歩いて帰った」

「杏、私がいない間どういう生活を送ってたの？　しょっちゅう補導されてるの？　晴臣くんとはこれからもそんな関係を続けていくつもり？」

「補導しょっちゅうなんてされないよ。オミとは別れる。何回浮気されたかわかんないもん」

「晴臣くんは何かの病気なの？　セックス依存症とか」

「自分に言い寄ってくる女を切り捨てられない病かな」

「まあ、男の八割はその疾患抱えてるだろうけどね。でも晴臣くんと付き合い続けるのは時間の無駄だよ」

そこまで言って、私は意識的に言葉を止めた。二つに切り分けたオムレツと焼きあがった食パンを、それぞれの皿に載せる。一口大に切り分けたりんごとバナナをガラスの器に盛ると一緒にテーブルに出した。いる？　と牛乳パックを指さし、うんという杏の返事を聞いてマグカップに牛乳を注ぐ。

「晴臣くん、体は？」

「もうすっかり元気。今思うと嘘みたいだよ、オミが死にかけてたなんて。でもそれがあったから離れられないっていうのも、あるのかな」

「そうかもね。死が間近にあるところで、人は強く結びつかずにはいられないから」

言い終わる前に、テーブルの上に置いた手を杏が握った。杏がこうして、異様なまでに私に甘えるのも、同じ理由なのだろうか。

「杏はもう大丈夫。普通の恋愛して、普通の高校生として、普通に生きていける。とにかく今はちゃんと高校卒業することを考えな。勉強なら私も手伝うし」

「理有ちゃんありがと。でも理有ちゃんも自分の幸せをちゃんと考えて」

「私は幸せだよ。ずっとしたかった留学もできて、これから大学生活と就職活動が始まる。杏がいて、この家があって、自分だけの部屋がある」

「理有ちゃんは、自分に欠けてるものがあるかもしれないって疑いを持ってないから心配なんだよ。理有ちゃんには欠けてるものがある。私には分かるの」

やめてそういうの、と顔を顰めて言うと私はオムレツの最後の一切れを口に入れた。杏はトーストを突っ込んだ口をもぐもぐさせ、じっと私を見つめる。大学に提出しなきゃいけない書類があるから、後で出かけるね。そう言うと私は皿を流し台に置いた。杏、学校は？　と聞くと、行かない、と素っ気ない声が返ってきた。会いたくないもん。と添えられた言葉に、そう、と呟くと、私はバスルームに向かった。洗面台の前で歯磨きをしながら、水垢《みずあか》で汚れたグラスに立つ歯ブラシや眉カミソリ、歯磨き粉をぼんやりと眺める。私は歯磨きをする手を止め、眉カミソリを手に取ると鏡の裏の一番高い棚にそれを置いた。

東京は人が多い。人が多くて、規則正しい。駅に居ると、外見では判断がつかなくても観光客はよく分かる。彼らは少しずつ、はみ出している。白線の内側からも、エスカレーターの立ち位置からも、電車に並ぶその列からも少し、または大いにはみ出していて、それだけで違う文化で育った人であることがはっきりと分かる。雑多な国から帰国したばかりの私は、はみ出している彼らを見つけると安心する。日本の文化を共有していない人たちが愛《いと》おしい。私は杏と違って集団生活は苦手な方ではない。ルールはきちんと守る方だ。でもごちゃごちゃに線の乱れた国にいる間、私はルールを気にしない自分でいられて、そんな自分を私は、世界で初めて発見された生物を見るような新鮮な気持ちで受け入れられたのだ。

日本にもっと移民が入ってくればいいのにと思う。たくさんの移民がやってくれば、この定規で引かれたような、数限りないはみ出してはならない線がぐちゃぐちゃに掻《か》き消されていくだろう。きっと日本で育った人には、この線は消せない。新しい波が必要だ。

でも日本には、自分たちの厳守している線を乱されるのが嫌で仕方ない人もたくさんいる。絶妙なバランスで力関係が保たれているサル山に、オランウータンやゴリラが放たれるような混乱を待ち望んでいる人は、この表参道の街並みを見る限りそう多くなさそうだ。飛び交う言葉の多さにくらくらしながら十分ほど歩き、人気の少ない路地に入り込むと、懐かしい立て看板が見えた。

「おお、久しぶり」

「こんにちは」

「向こうで切った？」

「一回、見習いの友達に軽く梳《す》いてもらっただけです」

そう、と呟いて広岡《ひろおか》さんは私のバッグを受け取った。広岡さんには、四年前から髪を切ってもらっている。客商売とは思えないほど無愛想な彼が雇われとはいえ表参道の美容室の店長を務めているのだから、腕は良いに違いない。でも髪型にこだわりのない私にとって散髪とはズボンの裾上げ程度の意味しか持たず、彼のカットの良さも分からないまま通い続けて今に至っている。

「どうだった？　マレーシア」

「充実した留学生活でした」

「今日は？」

「肩下六センチ。レイヤーなしで」

「君はいつも同じ注文をするけど、俺が親切心で入れてる僅かなレイヤーが君の髪型のバランスを保ってる可能性について考えたことはある？」

「ないです」

三ヶ月に一度通うこの美容室で、私と広岡さんは毎回のようにこんな感じのやり取りをしてきた。半年ぶりでも変わりなかったことに、どこか安心していた。こぢんまりとした店内には、私を含めて三人の客が座り、一人の客がシャンプー台にいた。

「マレーシアって何語？」

「話されてるのはマレー語、広東語《カントン》、英語」

「全部話せるようになったの？」

「英語は元々それなりに話せたし、広東語は結構習得したけど、マレー語の読み書きはほとんどできないかな」

「読み書きはできないかな」

「え？」

「とか言ってみたいね俺も」

　この人は何でこんなにシニカルなのだろうと、ここに通い始めた頃は思ったけれど、彼の一貫した在り方を見ている内、彼がそうであることにしか彼の存在価値はないのかもしれないと思うようになった。シニカルであること、髪を切ること、その二つにしか彼のこだわりは感じられない。

「君が延々俺に頼み続けてるボブにもそれなりに違いがあるんだよ。例えば一昨年の君のボブを今やったら確実に時代遅れだね。僅かなカットの違いで俺は君の代わりばえしない髪型をトレンドに則《のっと》ったものに仕上げてる」

「分かります」

「中国語に広東語、北京語、台湾語、たくさん種類があるように、ボブにも色々ある」

肩下六センチボブ内での微妙な違いと、広東語北京語台湾語の違いを一緒にされたら堪《たま》らない。それらが全く似ていない非なるものであることを実感し続けてきた私はそう思ったけれど黙っていた。

「最近ボブにしてって言う子が増えたよ」

「流行《はや》りが追いついたかな」

「いろんな子たちをボブに切りながら、理有ちゃんのことを思い出したよ。多分、俺の中のボブの基準が理有ちゃんだったんだ」

がさつで気の利かないこういう男が、たまにこうして君からちゃん付けに呼び方を変えてこういうことを言うと、女は手放しで喜ぶ。手放しで喜べない自分に軽く傷つきながら、光栄ですと広岡さんの目を見て言うと、彼は満足そうに微笑《ほほえ》んだ。手放しで喜べない自分を許されたような気がして、私はどこかほっとしていた。ケープに腕を通し、鏡の中の自分と向き合うと、首から下のシンプルさのせいで顔立ちがくっきりと浮き上がって見える。切れ長でも垂れ目でもない、大きくも小さくもない目、特徴のない唇と顎に、高低差のないおでこ。薄い眉毛。顔立ちとして特に整った所も乱れた所もなく、人の記憶に残らない顔だ。大学で結構仲良くなった人でも、しばらく経ってから声を掛けると怪訝《けげん》な顔をされることが多い。

杏は真逆だ。一度会ったら誰もが杏のことを忘れない。透き通るような白い肌に、ふわふわの焦げ茶の髪、大きな垂れ目と太い眉毛。肌の白さ故か、何もつけていなくても口紅をひいているように肌と唇の境目がくっきりしていて、まつげの長さが目立つ。作りの大きい、いわゆる人形のような顔立ちだ。杏と歩いていると、うわあの子可愛《かわい》い、という声をよく聞くが、そのほとんどが若い女の子の声だ。顔立ちが個性的な上に服装も奇抜だから年上受けは悪く、多くの男性はその見た目に腰がひけるようで、杏はずっと晴臣くんのような自信満々のナルシストとばかり付き合っている。私は見た目に関して杏にもはや優越感も劣等感も抱かない。私たちは互いにそういう感情を抱くほど、性格も顔も似ていないのだ。ダッカールで髪をブロッキングされると、私の顔の無難さがより際立った。

切るよ、という宣言と共に、広岡さんは私の襟足を六センチほど切り落とした。戻ってきたのだ。私は日本に戻ってきて、また制服のように決まりきった髪型に戻し、一ミリの狂いもないある種の秩序を自分に課す。

「おかえり」

ハサミを動かしながら、私の心を見透かしたように小さな声でそう言った広岡さんは、鏡越しに私が見つめているのを知ってか知らずか、毛先から視線を逸らさない。ダッカール二本が引き抜かれ、また髪が留められる。

「帰ってこないんじゃないかって思ってたよ」

彼の三白眼はいつも、人を見透かしているようで、その目がようやく私の視線を捉えた時、小さな棘《とげ》が刺さったように僅かに胸が痛む。私も、自分が日本に戻ることを疑っていたのだ。今初めて、そのことに気がついた。帰国まで数週間と迫った頃、私は取り憑《つ》かれたようにクアラルンプールの物件を検索しまくっていた。大学への提出物と引越し作業に追われながら、ある時は徹夜して、ある時は徹夜明けで、何千もの物件とその条件に目を通した。あのまま、あらゆる法規制が緩いマレーシアで、どこかに紛れて生きていけるのではないかと思っていたのかもしれない。高層マンションと掘建小屋のような家とが混在するあの支離滅裂な世界で、私は一人国籍を捨てどうにか生きていけないか、本気で考えていたのかもしれない。そのためにあんなにも必死に、クラスメイトたちに心配されるほど必死に、英語や広東語を勉強していたのかもしれない。

「帰ってこないわけないじゃん」

笑って言ったけれど、広岡さんは笑わなかったし、答えなかった。私は少し苛立《いらだ》ち、鏡から目を逸らした。

六センチ短くなった髪で外に出ると、虚《むな》しさと同時にどこか清々しさを覚える。来週になって大学が始まれば、私は何も考えずに就職活動をして、何も考えずに大学を卒業し、それなりの企業に入社して平坦《へいたん》な人生を送っていくのだろう。迷いがある状態は地獄だ。選んだのが地獄へと続く道であったとしても、「地獄に行くか行かないか決められない地獄」から脱出できたということはある種の解放だ。戦争がいつ起きるかいつ起きるか、と怯《おび》えている人が、実際に戦争が始まった時ある種のカタルシスを得るように、私は今、自分が何らかの興奮状態にあるのに気づいていた。

以前よく買い物をしていたセレクトショップに寄ろうと汗をかきながら南青山方面に向かって歩き、その店が潰れたことを知る。たった半年では何も変わらない。そうも思うし、いや半年でそれなりに色々変わった、とも思う。

手持ち無沙汰なまま、それでも洋服を見たい気持ちは依然として残り、適当に目に付いたお店に入ったものの、何が良いのかよく分からず混乱した後、また別の店に入った。マレーシアに行ったばかりの頃も、どんな服を買ったらいいのか分からなくなった。ファッションは相対的なものだから、相対の対象が変わったことで、客観的な視点をどこに持っていけば良いのか、混乱してしまうのだろう。三軒回って白いブラウスを一枚買うと、どこかで休もうと思いながら数軒のカフェを素通りした後、半地下になっているガラス張りの喫茶店を見つけ、そのガラスの向こうの棚に並んで座るぬいぐるみたちに引き寄せられるようにしてドアを開けた。

いらっしゃいませ、という言葉にブレンドください、と返して窓際の席に座る。豆を挽《ひ》くところから始めるスタイルのようで、テーブルにコーヒーが出されるまで十分かかった。

「あの」

はい、と振り返った店員は、コーヒー豆を挽いていた割には素人然とした若者だった。

「このぬいぐるみって、ここのお店の人の趣味なんですか？」

「ああ、これ、僕のです。ここに置いておくと結構聞かれるんですよね」

「ドイツで買ってきてるんですか？」

「あ、ベスティ、知ってるんですか？」

「はあ」

「これどこで買ったんですかって聞かれることはよくあるんですけど、ベスティのシリーズを知ってる人は初めてです。僕の叔母が昔ドイツに住んでて、僕が十歳くらいの頃、初めてこのぬいぐるみをプレゼントされて、普通十歳だと、もうぬいぐるみなんていらないって思うじゃないですか。でも僕すごく気に入って、叔母が帰国するたびにこのシリーズのぬいぐるみをお土産に買ってきてもらってたんです」

「そうなんですか。うちの母もベスティが好きで、母はヨーロッパに行くと大体このぬいぐるみをいくつか買ってきてたんです」

「お土産ですか？」

「いえ、母のコレクションだったんで、私たちはもらえなくて。まあ私は別に好きじゃないんで良かったんですけど」

「好きじゃないんですか？」

彼は笑って、可愛くないですか？　と窓の外に向けて置かれていたきつねのぬいぐるみを私の方に向けた。

「まあ、気持ち悪いのが売りって向きもありますけど」

「私は、なんか見てると不安になるんですこういう顔」

私がきつねを見ながら言うと、彼は笑った。きつねの目は左右で大きさが違い、黒目がいわゆる斜視のように左右に離れている。

「僕は安心したんです。多分僕の自己イメージに近いんですよこういう顔」

私は思わずきつねと彼の顔を見比べ、笑ってしまった。言われてみればどことなく、似ていなくもなかった。

「店長、ですか?」

「いえ、さっき話した叔母が店長なんです。僕はバイトで」

「そうですか。じゃあ、もうベスティのぬいぐるみ、買ってきてもらえないんですね」

「あっ、それが、この間見つけたんですよ代官山のセレクトショップで個人輸入してるところ。買い付けの前に指定すれば、自分の欲しいものを買ってきてもらうことも可能みたいなんです。まあ、結構割高ではあるんですけど」

「なんてお店ですか?」

「なんだったかな、携帯でブックマークしてるんで、ちょっと待っててもらえます?」

過剰に好意的な彼の態度に戸惑いながらはいと答えた瞬間、三人組のお客さんが入店して、彼はお冷の準備を始めた。母は何故こんなに気持ちの悪いぬいぐるみを買うのだろう。私は彼女が初めてぬいぐるみを買って帰った時、得も言われぬ不安に襲われた。母はずっと、病的と言ってもいいくらい、シンプルな物を好んでいたのだ。家具やリネン類はほぼ白と黒で統一され、深い色のウォルナットのローテーブルを買ったのを見た時、母が色味のあるものを買うなんてと驚いたほどだったが、やはり気に入らなかったようでほどなくしてそれも黒く塗り替えられてしまった。服も九割以上がモノトーンだった。電化製品も必ず白か黒で、色とりどりの背表紙が並んでいた本棚にも、私が十歳くらいの頃落ち着かないからという理由で全て黒いロールカーテンが取り付けられた。母の部屋のベッド、デスク、本棚、文房具類すら全てモノトーンだった。そんな母がぬいぐるみを買うなど、寺にディスコライト、クルーザーにお坊さん、ほどのちぐはぐ感があった。

母が初めて買ったベスティのぬいぐるみは狼《おおかみ》で、だらしなく開いた口から覗く牙と虚《うつ》ろな目が子供心に恐ろしかった。ベスティというのはドイツ語で獣という意味だと母は私たちに教えた。豆を挽いている彼と目が合うと、彼はちょっと待っててくださいという表情をして、私は大丈夫です、というアイコンタクトを返した。

母はベスティのぬいぐるみを壁に直接取り付けた棚に並べていた。一段だったものが二段になり、最後には三段になっていた。最終的にぬいぐるみは三十体を超えていたはずだ。いいなあ杏も欲しいなあ、と杏が言うと、母は決まってこう言った。

「ママが死んだら二人にあげる」。私はいらない、と心の中で呟いたけれど、口にはしなかった。時折母がベッドでぬいぐるみと寝ているのを見つけてはぞっとした。いい年した中年女がぬいぐるみと床を共にするなど、おぞましいとしか思えなかった。

中学生の頃、学校に行く前にちらっと母の部屋を覗いた時の記憶が蘇《よみがえ》る。ベッドのサイドテーブルにはなみなみとワインが残るグラス。髪の毛に隠れた母の顔。その隣にいるのは羊のぬいぐるみだった。赤い糸で刺繍された白目の真ん中に、極小の黒目が縫われている、どう見ても病気にしか見えないその羊は、よく見ると口を耳の下までくっと持ち上げて不気味に笑っていた。毎日酔い潰れるようにして明け方眠りにつく母に憂鬱な思いでいた私は、きっとその時も短く舌打ちをして「行くよ」と杏を急《せ》かしたのだろう。

不意に、私は何故ベスティのぬいぐるみに吸い寄せられるようにしてこんな所に居るのだろうと不思議になる。ぼんやりと彼が三人の客にコーヒーを出すのを見ながら、今すぐにここを立ち去りたい気持ちになっていた。

「すみません遅くなって、えっと、ちょっと待ってくださいね」

スマホを操作しながらやってきた彼に、私は手のひらを見せるように右手を上げた。

「いいです」

「え？」

「すみません用を思い出して。もう行かなきゃ」

え？　と繰り返した彼にすみませんと呟き、私は席を立った。レジで財布の小銭をつまみ出していると、あのこれ、と彼は店の名刺を差し出した。この店のフェイスブック、僕が管理してるんで、良かったら連絡ください。私はこの人に連絡するだろう。そう思いながら受け取り、小銭でぴったりお金を渡すと店を出た。一度振り返ると、六体のぬいぐるみが並んで私を見送っていた。


「日本はどう？」「普通かな」「理有はこれからどうするの？」「インターンとかやって、就職活動でしょ」「海外に出るつもりはないの？」「国際学部だし、そういう企業狙うとは思うけど、就職難だから選《え》り好みはできないよ」「杏はどうしてる？」

「相変わらずマイウェイ」

そっかと笑うパパに、笑いごとじゃないよと眉間に皺を寄せる。「杏が半年、とりあえず無事に一人暮らしを終えたんだから、成長したと思うよ」「無事かどうかはパパが決めることじゃない」「杏は、大学に行く気はないの?」「分かんない。ダンスで食えないかなーとか適当なこと言ってたよ」

杏らしいね、とパパは穏やかな表情で言う。パパの手元には大量の書類、コーヒーカップ、背後には一面本棚が見える。四年くらい前にパパとスカイプを始めてから、一週間に一度、一時間くらい、私はこうして画面越しにパパと話している。

「パパ、エリアスのこと覚えてる?」「エリアス?」「フランスで、同じ幼稚園に通ってた男の子。隣のアパートに住んでた」「ああ、覚えてるよ。金髪の男の子だよね?」「そう。あの子、いつも人と話す時相手の耳たぶを触る子で」「ああ。そう言ってたね理有」「今日、カフェの店員の男の人と少しだけ話したんだけど、その人、雰囲気がエリアスにちょっと似てたの」金髪、灰色の目をしたエリアスを思い出す。言葉が少なく、おっとりしているエリアスに対して、私はフランス語が下手だったくせにいつも何故か少し強気に出ていて、エリアスはそんな私の言葉をいつも目をきらきらさせて聞きながら、私の耳たぶを触っていた。友達に対しても先生に対しても話している間じゅう耳たぶを触るものだから、当然変わった子、と思われていただろうが、幼稚園生だった私たちはさほど違和感なく彼のその変わった癖を受け止めていた。くすぐったいと笑う子が多かったけれど、私はいつもくすぐったいのを我慢していた。何故か私は、笑ってはいけないような気がしていたのだ。

「エリアスは私の恋人、って言ってたね」「そうだっけ？」「その男の人のことも好きになるかもね」「どうかな」「理有はフランスに来る気はないの？」「フランス？」「理有、気に入ってたじゃない」「もうあんまり記憶ないよ」「そっか。でも、いつでも遊びにおいで」「うん」「理有は日本を離れた方がいいと思うんだよ」「どうして？」「海外の方が向いてると思う。それに、ユリカから離れた方がいい」「ママはもう死んだよ」「でも日本にいると、理有はユリカの世界から逃げられないだろう」「そんなことないし、そんなこと言ったら、杏はどうなの？」「杏は大丈夫だよ。杏は最初から、人とそういう付き合い方をしてないから」

　パパは何か少し私のことを誤解している。きっと杏のことも。ママのことも、少しずつ誤解している。しばらく話してまたねとスカイプを切ると、私はそのままフェイスブックに飛んだ。彼がくれた名刺と液晶を交互に見つめて店名を打ち、ヒットしたページでメッセージを送った。

　毎日朝九時にダチョウは餌を与えられていた。毎朝毎朝、九時になると餌場に餌が放り込まれた。しかし、今日も餌が与えられると信じて餌場に行ったダチョウは、そこで首を切られ、食べられてしまう。

経験論的にものを考えるのは危険だ。常に今日は昨日と同じではない可能性を考えなければならない。自分の直感や経験則に頼ってはいけない。今は、帰納法ではなく演繹《えんえき》法だ。

交差点の向こうをじっと見つめながら、三回目の青信号をやり過ごしていた。海外での生活は、瞬時にあらゆる判断を下す能力を育てるのに役立った。相手の言葉が分からない時、大雑把にでも意思の疎通をする必要があったし、人や場所に対して危険かどうかの判断力もあらゆるシーンで求められた。でも今、自分のその判断力に自信を持てなかった。判断材料が少なすぎる。踵《きびす》を返そうかと思った瞬間、彼が私に気がついた。大きく手を振る姿をまっすぐ見つめたまま、きっとこの人は危ない人ではないと判断を下しかけている自分に気づく。この特徴のない、顔を覚えてもらえない私のことを、僅かな時間話しただけなのに覚えていたこと、そんな私を三十メートルはあろうかという信号の向こうから見つけ出したことに、軽い驚きすら抱いていた。私が足を踏み出せずにいると、彼はにっこりと笑って時折手を振りながら私の元に小走りで到着した。

「どうも」

弾むような声で言う彼に、どうも、と屈託のある声で返す。

「なんかすみません」

会釈をするように謝罪する彼に、こっちこそすみませんと謝る。何だかおかしくなって、くすっと笑うと、彼も笑った。

「なんか食べますか？」

じゃあ、食べましょうか、と答えると、彼はじゃあ焼肉行きましょうと、この世に焼肉が嫌いな人が存在する可能性を完全に無視した満面の笑みで言った。

タン塩いきますよね。特上ロースと上ロースの差額が五百円、本当に五百円分の味の差があると思います？　焼肉屋なのにマグロのユッケって、なんか残念ですよね。実は僕お酒があんまりで、でもそういう気分は味わいたいんで、ノンアルコールカクテル飲みますね。

彼は一人で色々なことを言いながらメニューを見つめていた。ろくに面白い返事もできない私は濁った返事をしつつ、ほとんど上の空でメニューに目を走らせていた。全ての文字が記号のようにしか見えない。

「理有さんは、お酒は強いんですか？」

食べ物を適当に頼んでもらって、最後にビールと付け足した私に彼は聞いた。

「いえ、そんなに。たまにしか飲みません」

「なんか、緊張しますね」

「呼び出したりして、すみません」

「いえ。すごく気になってたんです。理有さんのこと」

「あんな風にお店を出てすみませんでした」

いやいや、と大げさに首を振り、彼は笑った。

「あの、この間話したぬいぐるみ取り寄せてるお店なんですけど」

「いいんです。あれはもう」

「そう、ですか？」

「妹がベスティのぬいぐるみが好きで、誕生日に買ってあげようかなと思ったんですけど、取り寄せるのに時間もかかるだろうし」

「へえ、プレゼント。仲いいんですね」

「普通ですよ。でも、妹まだ高校生で、甘えん坊なんです」

「いいなあ僕一人っ子で」

ノンアルコールカクテルとビールで乾杯すると、なんとなく雰囲気がいかにも日本的で、こみ上げるマレーシアへの郷愁と、日本への郷愁とが入り混じって思わず辺りを見回してしまう。場所柄か、若い人が多かった。大学生や、ＯＬだろうか。

「どうかしました？」

「あ、実は私、先週留学先から帰国したばっかりで、何か、帰ってきたんだなあって、この雰囲気を見てて思って」

「あ、分かります。いや、何となく分かってました。叔母もそうだったんですけど、海外から帰ったばっかの人ってなんかズレてるっていうか、ワンテンポ違うっていうか、雰囲気で僕分かるんです」

「叔母さんは、ドイツで何してたんですか？」

「バイオリンで留学して、チェロ奏者のドイツ人と結婚してずっと向こうに住んでたんだけど、五年くらい前に離婚して。あのカフェ、もともとは祖父母がやってたお店で、二人がもう引退するってなって、売るかどうするかって話してたら、叔母が継ぎたいって戻ってきて、食品衛生の資格取ったんです。バイオリンは、個人レッスンで教えたりしてるんだけど、今は店長」

「実は、私も幼い頃、父とフランスで暮らしてたことがあるんです」

「そうなんですか」

「父が大学講師で、サバティカルで二年、二人で住んでたんです」

「え？　お母さんは？」

「母は日本で仕事してたし、妹を出産してすぐだったんで、日本に残ってました」

「なんか、前衛的な家庭だね」

あっ僕やりますよと言ってトングでタン塩を規則正しい間隔で網に載せていく彼を見ながら、どんどん相手への警戒心が薄れていることに気づく。注意深くタンの裏表を返していく彼は、タンから目を逸らして一瞬私を見て、またタンに視線を戻した。

「こういうの初めてなんです」

「はい？」

「SNSっていうか、そういうので知り合った人と会うっていうか」

「でも、私たちお店で一回会ってるわけだし、SNSで繋《つな》がったっていうわけでもないですよね」

「実を言うと、僕若い頃ちょっと引きこもりやってて」

「若い頃って、光也《こうや》さん何歳ですか？」

「二十五歳です。十五で高校中退してから、三年くらいかな、じーっとネットとゲームやってて。十八くらいでようやく外に出れるようになって、高卒認定受けて、二十歳で大学入ったんで、去年卒業したばっかりなんです」

「よく、外に出ようって思いましたね」

「ベスティのぬいぐるみのおかげなんです」

「はい？」

「あのベスティのきつねのぬいぐるみを持ち歩くようにしたんです。自分は変な人間だって、前面に押し出して外に出ようって決めて。そしたら周りからすっごい変な目で見られて、それが逆に気持ち良かったっていうか。気持ち悪いぬいぐるみ持ってるだけで、同調を求められないんですよ。列に並ばなくても、奇声あげても、ああなんだ変な人か、で終わるんです。変であることって、日本では武器なんですよ」

「大学にもぬいぐるみ持って行ってたんですか？」

「うん。机に置いて一緒に授業受けて。でもそしたら可愛いねーって話しかけてくる人も結構いて。普通に友達も増えて、サークルもやって、三年になった頃に、何となく持って行かなくなったかな」

「サークル、何やってたんですか？」

「軽音です。バンド組んだりもして」

意外、と笑って、お皿に取ってもらったタンを口に入れた。レモンとネギと、歯ごたえのある肉が口の中で混ざり合ってその味の懐かしさに思わず微笑む。今日、光也と会って良かったと思った。

「自己イメージに近いって、言ってましたよね。ベスティのぬいぐるみ」

「はい。特にその、最初にもらったきつねのぬいぐるみが」

「さっき、妹に買ってあげようと思ったって、嘘なんです。ずっと、母がベスティのぬいぐるみをコレクションしてて、何で母があんなに、気持ち悪いぬいぐるみを集めてたのか、私はずっと不思議で。多分それが心に引っかかってて、だから、この間も光也さんのお店のぬいぐるみに引き寄せられて」

「お母さんて、もしかして亡くなってる?」

うん。と答えて、初めて敬語が消えたのに気づいた。無意識的に敬語が消えたのは、そうしなければ肯定できないような気がしたからかもしれない。ロースにカルビに、光也はどんどん肉を並べていく。私は三枚目のタンを口に入れた。

「分からないけど、僕は自分の部屋を見てて、自分に似てるものだけが残ったなって思うんだ。多分、自分を映してるものを、身の回りに置いてるんだろうって」

なるほど、と答えてデジャヴュを感じる。全ての絵は自画像なのよ。母の言葉だった。他の絵の模写ばかりしていた幼い私に、母が言ったのだ。自画像ってなにと聞くと、自分のこと、と母は答えた。幼いながらに、自分の絵を否定されたような気がして、印象に残った。あなたは模倣してばかりの人間だ、母はそう言いたかったのだろうか。小学校に上がった頃から自分に絵の才能がないことに気づき始め、お絵描きをすることもなくなったけれど、その頃母が杏の絵をよく褒めていたのを、私は冷めた気持ちで見つめていた。杏は確かに誰が見ても絵が上手《うま》かった。初めて描くものでも、構図がはっきりと決まり、バランスが取れていた。あんな風にめちゃくちゃな主張ばかりするわがままな妹の方が美しい絵を描け、何倍も真っ当で協調性に長《た》けた私に絵心がないのだとしたら、全ての絵は自画像であるという母の主張は幻想だと、私は心の中で反発した。

「母は、モノトーンの物しか買わなかったんです。リビングも母の部屋も、服も、文房具もほぼ白と黒で統一されてて。そんな人が突然ベスティのぬいぐるみを収集し始めたから、不気味だったんです。わざわざぬいぐるみのために作り付けの棚まで設置して」

「物にシンパシーを感じることって、理有さんはないですか?」

「私はないですね。合理性重視なんで、便利なものはどんな見た目であろうが構わない人です」

合理性重視なんでと言った瞬間、私は一瞬、どこかからの強い反発を感じた気がした。それは、杏や母、あるいは目の前の光也からかもしれない。駄目な男と付き合って生産的な生き方をしない杏、アル中や精神的なブレで人生を無駄遣いしていた母、引きこもりをして三年を無為に過ごした光也。私はそういう無駄のある彼らにとてつもない距離を感じる。

「そっか。そうなんですね。確かに理有さんはなんか、合理的に生きてる感じがします」

無駄のない自分自身に私は伸びしろのなさを感じてきて、当然母や妹に対して蔑む気持ちと羨む気持ちの両方を抱えてきた。あなたたちがそうやって自由人気取っていられるのは、私という家事や役所の手続きや買い物、日常生活を担う者がいるからだ。私はそんな憤りと同時にやはり自尊心も抱いていた。

「お母さんて、どんな人だったんですか？」

「端から見ていると、普通にいい人でした。多分妹は疑いなく、ママはいいお母さんだったって思ってます」

「いいお母さんじゃなかったの？」

いいママじゃなかった。私はその言葉を飲み込む。何度も何度も、あらゆる状況で私は母のあらゆる面に戦慄し、幻滅してきた。私の作ったご飯を食べた後、ほとんど毎回トイレで嘔吐《おうと》していたこと。私や妹が絵や作文、学校のテストなどを見せると、すごいね、よく出来たね、と微笑んだ次の瞬間、自分はそういう類のことには興味がないのだという退屈さを顔に滲《にじ》ませていたこと。外で私の友達や友達の母親と偶然会って笑顔で和やかに話した後は、決まってそれから数時間無表情、無言になったこと。チェストの引き出しに仕舞ってあるクオバディスの手帳に、そうして会った私の友達や友達の親たちの発言や在り方を徹底的に批判する言葉を書き記していたこと。私や杏が母のことをどれだけ愛していても、その思いが母を一度も幸福にさせなかったことに、私は常に強烈に、幻滅し続けていた。

「変わった人でした」

「亡くなったっていうのは……」

「心筋梗塞です。急死でした」

そっか、と言いながら光也は私の皿にカルビを取り分けた。コチュジャンのきいた辛口のタレをつけ、頬張るとじゅわっと肉汁が染み出した。

「死ぬ数年前から、強迫神経症みたいな、ガス栓閉めたかな、鍵閉めたかな、っていうあれです。あれを発症して、結構すごかったんです。毎日昼過ぎに起きてきて、まずやることが口座確認です。別に経済的に困窮してたわけでもないのに、コーヒー飲みながらパソコンで一つ一つの口座残高を確認して、その次はメール確認です。要返信のメールには届いた順に即座に返事を書きます。すぐに答えられない内容だと、何日後の何時にメールをしますって返信するんです。煙草の吸殻がちゃんと消えているか、お酒のストックが充分にあるか、の二つも常に気にしてました。自律神経失調症っていうのも、多分併発してたんです。時々発作みたいに過呼吸になって、立ってられなくなって、でもどんなに言っても病院には行ってくれなくて。最後の数年はアル中みたいだったし、多分お酒の影響もあったのかなって、今は思います」

「一緒にいて、辛《つら》くなかった？」

「どうなんだろう。母を支えるために家事とか手続きとか担ってきて、そういうのはもちろん面倒な時もあったけど、私は合理性重視の人だから、そういうのは割と平気で、母の役に立ってるっていう自信もあった。でも、普通のお母さんがいる家庭が羨ましかったのは確かです。それに、母は妹には何もやらせなかったんです。

性格的に頼れるような子でないのは確かなんだけど、そのせいもあって妹は今も能天気だし、私はこういう人間になってしまった」

「こういう人間って、どういう人間？」

「うーん。面白みのない、真っ当なだけが取り柄の人間」

「いいと思いますよ」

真っ当な人間、と続ける光也を見ながら、取り皿からカルビを口に放り込んですぐ、タレをつけるのを忘れていたのに気づく。

「今タレ忘れたでしょ」

私の手元を指差して笑う光也に、思わず顔を俯ける。なんか、光也さんといるとペースが乱れます、恥ずかしさを押し隠して言うと、僕もです、と光也は言った。

「全然乱れてないじゃないですか」

「いつもは誰といてもペースが乱れるんです。お店でもしょっちゅうミスするし。でも理有さんといるとペースが乱れない。お店に来てくれた時もそうだった。理有さんとは落ち着いて、正直に話ができる」

黙ったまま何度か頷《うなず》いて、食べてますか？　と肉を指差すと、食べてます食べてます、と光也は笑顔で答えた。私は二杯目のビールを頼み、光也は二杯目のノンアルコールカクテルを頼んだ。母がアル中だったから、お酒はあまり好きじゃなかった。でも今日は、美味《おい》しくお酒を飲める気がした。

母は人と飲みに行く予定があると、その次の日には絶対に予定を入れなかった。締め切り前一週間も飲みの予定は入れなかった。一人では平気なのに、人と飲むと母は必ず翌日鬱になったのだ。二日酔いと鬱の合わせ技は悲惨で、それでも彼女は飲みに行くのを止めなかった。何故そこまでして彼女は人と飲んでいたのか、私は未《いま》だに彼女が他人に求めていたものが何だったのか分からない。

「光也さんのお母さんは、どんな人ですか？」

「面白い人です。明るくて、すごく温かい人です」

彼には確かに明るい家庭で育った雰囲気がある。彼みたいな人は、きっとおばあちゃんとも仲が良かったに違いない。

「実家暮らしですか？」

「はい。今度ぜひ遊びに来てください。あの店の割と近くなんです」

私は彼の屈託のなさ、彼の生き方の屈託のなさに驚き、喜びも感じていた。このまましばらく一緒に居れば、私は彼を好きになるかもしれない。すみませんちょっと火力強すぎましたね、と言いながらテーブルの脇を覗き込んで火力のつまみを回し、軽く焦げ始めた肉をどんどん取り分けていく彼を見ながら、私は二杯目のビールに口をつける。

「いつも焼く人ですか？」

「いつもは、焼きません」

「代わりましょうか？」

「大丈夫です。今焼いてて、ちょっと嬉《うれ》しいんです」

にこやかに肉を見つめ、この後ミノとハラミもきますけど大丈夫ですかとトングを片手に言う彼に、「はい。大丈夫です」と私は微笑んだ。

今日は学校行きなさい。寝ぼけたままリビングに出ると、理有ちゃんはどっしりした目でそう言って私の分のクロワッサンと小鉢に盛ったサラダをテーブルに載せた。目の前のグラスに牛乳を注がれながら、私は理有ちゃんを見上げる。

「オミね、ジャンプスタイルってダンスが得意なの」

「なに、急に」

「ちょっとギークっぽいっていうか、ギークっぽい人がやってるダンスなんだけど。あ、理有ちゃんEDMって知ってる？」

「エレクトロニックダンスミュージックでしょ。私も一応若者コミュニティで生きてるからね」

「EDMのフェス、国内のだけどオミと何度か行って」

「これ何の話？」

「辛いの」

「何が？」

「オミに会いたくない」

　そう言った瞬間目に涙が浮かんだ。理有ちゃんはそんな私を見てため息と舌打ちをコンボすると学校まで送るよと呟いた。理有ちゃんが帰ってきて六日、私の生活はすっかり変わってしまった。オミの家と学校とクラブをふらふら行き来していた私には、朝起きるのも、朝ごはんを食べるのも新鮮で、藁《わら》とかそば殻が詰まっているような気がしていた体の中に、ちゃんと血や肉が詰まっているのを思い出すようだった。

　制服に着替え、ルースパウダーをはたきリップグロスだけ塗って玄関に行くと、黒ずくめの格好に黒いサンダルという完全にモノトーン姿の理有ちゃんに思わず足を止め、「ママみたい」と呟いた。理有ちゃんは私の言葉には答えず行くよ、とドアを押し開けた。


　杏ごめん。本当に俺もう絶対に。絶対に杏以外の女とは会わない。二人きりになるようなことは絶対にしない。ごめん俺、なんか頼られるといつも断れなくて、でも本当に杏以外の女に恋愛感情を持ったことは杏と知り合ってから一度もない。本当に。スマホの連絡帳全部消すよ。SNSのアカウントも全部消す。電話番号も変える。全部捨てて杏とだけ連絡取るようにする。絶対にもう二度とあんなことはしない。杏ともう一度やり直せるなら何でもするよ。俺何でもできるよ」

土下座しそうな勢いで下から覗き込む晴臣の目を、私は見ることができない。校門から校舎までの道のり、始業時間が迫っているせいか、皆私たちには目もくれずに小走りに入り口に向かっていく。

「杏が望むことを言って。何でもする。杏の言うこと何でも聞くよ」

「じゃあ来年のトゥモローランドの三日通しのチケット取って」

「もちろん取るよ。むしろ取ろうと思ってたよ！」

トゥモローランドは、この一年くらい動画を見まくって、いつか二人で行こうと話していたベルギーのEDMのフェスだった。

「ドリームヴィルのアクセス権も」

「分かった絶対に取る。トゥモローランドが終わったらベルギー観光もしようよ。一週間くらい滞在するのはどう？」

「去年十八万枚のチケットが九十分で完売したんだよ？」

「大丈夫。友達集めて一斉にアクセスする。もし取れなかったらオークションで落とす」

「飛行機代かかるし超高いよ」

「絶対取るよ大丈夫。信じて。俺は杏のためなら何でもする」

お前のママの金でな、と頭によぎったけど、いつの間にか嬉しさがこみ上げていることに私は恐ろしさを感じる。こんなんじゃいけない、という思いはあるのに、こんな風に謝り忠誠を誓う晴臣を拒絶するのは不可能な気がした。俺は杏がいなきゃ死んじゃうよ。そう言って抱きしめる晴臣に手を回せないまま、棒立ちしていた。晴臣の傷んだ金髪の毛先が頰を擦る。大っ嫌いだ、大っ嫌いだ、大っ嫌いだ。この六日間ずっと頭にこだましていた呪詛《じゅそ》の言葉が、潮が引くように少しずつ音量を下げながら遠ざかっていくのが分かった。

「あとスマホの割れた液晶直して」

「もちろんだよそんなの俺のせいなんだからむしろ直させてくださいだよ。今日放課後修理しに行こう」

晴臣は向かい合って私の両手を握り、こちらの反応を見るようにゆっくりと力を込めていく。

「ねえ杏ちゃん、お願いだよずっと俺と一緒にいて」

晴臣の体に触れている部分だけが熱かった。私はその熱さで、いつも晴臣への怒りを溶かされてしまう。

この人が死んでしまう。この人が死んで、冷たくなって、固くなって、もう動かなくなってしまう。この人はもう私を抱きしめることができなくなってしまう。きっと、あの時そう思ったからだ。だから今、彼の温かさ、彼の柔らかさ、まとわりつく彼の腕に全てが溶けてしまう。自分がどれだけ愚かなことをしようとしているのか分かっている。こいつはまた同じことをする。こいつはまた私を傷つける。そう知りながら彼を受け入れ続ける私は、破滅を受け入れているんだろう。フェスのチケットの約束なんてなくたって、私は遅かれ早かれ、晴臣を受け入れたに違いない。

「俺たちは二人でなきゃ居られないんだ。俺たちはお互いの欠けたピースを持ってるんだよ。二人でいて初めて、俺たちは完成するんだ」

前に理有ちゃんが言っていた。人間は、他者の助けなしには生きていけない状態で生まれる。つまり不完全な生物である。そしてその不完全性を埋めたいという衝動により、他者にその足りないピースを求める、つまり、恋愛に傾倒する。しかし人は決して、恋愛でその不完全性を克服できない。私が晴臣と不毛な関係を築いているのを窘《たしな》めるためだったか、何かの引用だと前置きされたかもしれないけど理有ちゃんはそう言い切った。私と晴臣は確かに、二人でいることでそれぞれが完全体になっているような気がしない。私は晴臣といる間じゅう、何かしらの安心感と虚脱感に身を委ねているだけだ。でも理有ちゃんの言葉が本当だとしたら、人は何のために恋愛をしているんだろう。決して不完全性を克服できないなら、全ての人にとって恋愛は暇つぶし、逃避でしかないんじゃないだろうか。でも、私にとって人生がそれ以上の意味を持ったことがあっただろうか。

晴臣の両腕に抱きしめられていると、授業始まってるぞーと校舎の方から声がした。私たちのクラスから、先生が手をあおぐように振って、こっちに来いとジェスチャーしていた。晴臣の手に引かれ、私は走り出した。校舎に入り、上履きに履き替えた途端また手を引かれる。骨ばった晴臣の手は力強く、いつもそうだと私は苛立つ。晴臣はいつも強引で、いつもこっちが少し嫌だ、少し痛い、と思うくらいの力で引き寄せる。セックスも乱暴だ。でもそうした強引さや無神経さでうんざりさせておいて、ごめんねと泣いたり、ずっとそばにいてと抱きしめたりするから、ちょっと馬鹿な男の子なんだなと思って、こっちは心を許してしまう。普通の人なら幼少期に身につけるべき思いやりやマナーを晴臣が身につけずに育ってしまったのは、その乱暴さと弱さのコンボに母親や祖母、シッターまでもが心を奪われていたせいかもしれない。

理有ちゃんのことが頭をよぎる。今の私を見たら理有ちゃんはどう思うんだろう。また惰性で流された。きっとそう言って、軽蔑するんだろう。

「杏」と呼ばれて、引っ張られている手から視線を上げる。晴臣と目が合った瞬間、私は一生この人と一緒に居るのだろうかと絶望的な気持ちになる。人を好きな気持ちがこんな風に絶望を巻き起こすことに、私は絶望していた。

彼が私を引き込んだのは化学室だった。晴臣は何曜日の何時から何時まで、化学室が空いているのか知っている。いつも皆がビーカーやフラスコを使って実験をしているテーブルの下に潜り込み、晴臣はしゃがみ込んだ私を覗き込む。白い肌、ぱさぱさの金髪、よれっとしたブレザー、どこか不安そうな、神経症的な表情。見ていると私まで不安になってくる。

「杏はずっと俺のそばにいるんだ」

「それは私が決める」

「俺が決める」

真剣な表情の晴臣の鎖骨の辺りに拳をぶつける。どしっという感触と共に、いっという情けない声が響いた。

「オミじゃない」

分かったよと呟く晴臣のネクタイを引き寄せる。いつもと同じで、きつすぎる結び目は左によれている。

「全部私が決める」

分かった。全部決めて。晴臣がそう言うと私はようやくほっとして、彼の腕の中で体の力を抜いた。

「理有ちゃんが帰ってきたの」

「え？　いつ？」

「補導された日」

「じゃあ、お姉ちゃんは全部知ってるの？」

「知ってるよ。この半年のオミの悪行も全部話したからね」

「じゃあ、俺とのことは反対してるの？」

「当たり前じゃんそんなの。ずっと前から反対してるよ」

そうなのかあと晴臣は表情を歪《ゆが》め、俺杏の姉ちゃん苦手なんだよなあと続けた。

「理有ちゃんが得意な男はいないと思うよ。ま、パパは例外だったけど」

「ずっと思ってたけどさ、杏て全然お父さんの話しないよね」

「私パパのこと何とも思ってないの。好きでも嫌いでもないの。ほんと普通。ママがパパと離婚してからも、一度もパパが必要だって思ったことなかった。理有ちゃんとママがいれば、もう私の世界は完璧だったの」

「お父さん、どんな人だったの？」

「うーん、変わり者だったのかな。言ったよね、理有ちゃんが小さい頃パパとフランス行ってたって」

「ああ、杏が生まれたばっかかの頃だろ？」

「うん。もうママは大変だったんだって。赤ちゃんと仕事と家事とですっごく大変で、ノイローゼみたいだったんだって。理有ちゃんとパパはなんか、その時二人で海外住んだのもあってかずっと仲良しだったけど、私とパパの間にはもうその赤ちゃんの頃から距離があったんだと思う」

「ま、俺も父親の記憶あんまないし、同じようなもんかな。別に会いたいとも思わないし」

晴臣の横顔は彫刻のように綺麗《きれい》で、眉間から鼻先までの直線に近い斜めのラインが私は一番好きだった。鼻も顎も細くしゅっと尖《とが》っていて、目の形はお母さんにそっくりな大きなアーモンド型だ。「俺たちは一緒に居るべきだ。分かるよね。周りを見れば一目瞭然だよ。君は俺以外に一緒に居るべき人がこの世に存在すると思う?」中学三年でこの高校の隣にある附属中学に転入した私に、高校一年だった晴臣はほとんど初対面でそう言った。「いるよ」。私は理有ちゃんのことを思い浮かべながらそう答えた。結局転入から一ヶ月もしない内に、一日中犬のようにつきまとう晴臣のことが私は好きになってしまったけど、あの時の気持ちは本当だし、今も変わらない。

実験台の下は埃《ほこり》っぽくて、手元に消しゴムのカスが見えて、私はスカートの裾を押さえて体勢を変える。

「お母さんと理有ちゃんが居れば世界は完璧だったって、言ったよね」

「うん」

「お母さん、心筋梗塞だよね。つまり、突然死だったわけじゃない?」

「うん」

「それで、杏の世界は、どうなったの?」

うーん、と言いながら、私はゆっくり言葉を探した。

「油絵だった世界が、水彩みたいに薄くなった感じ。でも、水彩でも綺麗だし、理有ちゃんとオミが居るから、私の世界は大丈夫」

「俺さ、病気で倒れた時、自分が死んだら世界はどうなるのかなってすげー考えたけど、絶対変わんねえなって思ったんだ。でも、杏の世界は変わっちゃうんじゃないかって思ったら、すごく怖かった」

「人を愛するって、相手の死が自分の世界を変えるってことを受け入れることなんじゃないの？」

「なんかそれポエムみたいじゃね？」

「でもオミが死んだら私も死のうって思ってたけど」

そういうの止めて。突然きつくなった晴臣の口調に顔を上げる。これまでにも何度か、同じような話をしては晴臣にこうして拒絶の言葉を吐かれていた。ごめんと言い終わる前に、俺はそういうの絶対許さない、と晴臣は呟いた。

「母さんも杏もすごく好きだけど、そういうこと言われんのほんと嫌なんだ」

ＩＣＵに入っていた晴臣の姿が蘇る。酸素マスクをつけ、意識混濁の状態で虚ろに天井を見つめていた。痙攣《けいれん》の挙句に黒い液体を嘔吐する彼を見て、本当に死んでしまうと思った。オミが死んだら死のう。私は強くそう思っていた。その気持ちをあの時どれだけ否定されていたとしても、あの時晴臣が死んでいたら私も死んだだろう。ママの死から一年も経たない内に晴臣が死と直面し、それを見守っていた私は、ママが死んだ時には全く感じなかった感情の砂漠化を感じた。不思議だった。自分の感情は晴臣の死の先には砂漠のようにしか存在しない気がしたのだ。見渡す限り水のない、乾ききったさらさらの砂。その砂の上で息を切らしながら汗だくで歩き続けるよりは、死んだ方がよっぽど楽だと思った。

「自殺だけは、俺は絶対に許せない」

ＩＣＵでほとんど話ができない状態だった晴臣を見舞い続け、ようやく個室に移ると、生死を彷徨《さまよ》っていた間のことを晴臣は面会時間が終わる間際まで毎日語り続けた。どんな物でもいいから味のついた物を口に入れたかったこと、夢と現実と麻酔の間でどの私が現実の私か分からなくなって、それでも夢や幻覚の中にいた全ての私の存在が支えになっていたこと、ＩＣＵで何か特殊な匂いを嗅いだということ、その匂いがすると必ずその数時間後にＩＣＵ内で人が死んだということ、看護師が点滴を替えに来るたび、その替える手がカエルだったり豚だったり鶏だったりの手に見えていたこと。一生分ではないかと思うほど、私は個室に移った晴臣と話し続けていた。晴臣はよく泣いた。よく弱音を吐いた。帰りたいとも、牛丼食べたいとも、ダンスがしたいとも、杏とセックスがしたいとも、痛いとも、入院のせいで留年だとも、点滴を外したいとも、何度も繰り返した。一日中外せない点滴のせいで、両肘の内側と、両手の甲が青くなっていた。退院したら二度と杏と離れないよ。そうも言った。でも晴臣が退院してから浮気するまで、少なくとも私が把握した限り、ほんの二ヶ月程度だった。

「杏が死ぬって考えただけで全部の細胞がおかしくなりそうだよ。俺が死んだ後だったとしても、俺の細胞はちゃんと謀反を起こせるからね。Ｄｏ　ｔｈｅ島原の乱だよ」

何それ、と笑うと、晴臣は私にキスをした。キスをしながら、私はママのことを思い出していた。大好きだったママのこと、綺麗だったママのこと、死んでしまったママのことを。

ママはいつも考えてる。理有ちゃんはよくそう言った。何を考えているのかは、私にも、多分理有ちゃんにも分からなかった。理有ちゃんはこうも言った。ママはいつもちょっと怖がってるの。理有ちゃんはいつもこう付け加えた。でも杏は大丈夫、私が居るからね。確かに、小学生の頃から理有ちゃんが私を起こし、朝ごはんを作ってくれてたし、理有ちゃんが中学生になってからは、食材の宅配を注文するのも理有ちゃん、夕飯を作るのも理有ちゃん、宿題を見てくれるのも恋愛の相談にのってくれるのも理有ちゃんだった。食材、生活用品、日用品、全てのネットショップのアカウントは理有ちゃんが管理していた。それでも理有ちゃんは部活や勉強を疎《おろそ》かにはしなかった。成績は良かったし、家事と勉強と部活のバレーボールと妹の世話、それぞれ難なく両立していた。理有ちゃんは私にとって、スーパーマンみたいな存在だった。あらゆる両立ができなかったのはママだ。締め切りのある週は何一つ家事をしなかったし、目を通してくれと頼んだ学校のプリントも全て無視どころか、話しかけてもほとんど生返事で相手にしてもらえなかったし、話しかけた瞬間お願いだから話しかけないでと懇願されたこともあった。リビングのカレンダーには仕事の締め切りが書かれていて、それは私たちに対する、話しかけるなというメッセージでもあった。

ママは週に一回くらい、友人や編集者と飲みに行き明け方に帰宅した。そんな時、私はよく理有ちゃんの部屋で夜更かしをして、理有ちゃんと一緒に眠った。

あの日もママは飲んで帰宅した。誰かと飲んでいたのか、一人で飲んでいたのかは分からない。その頃、ママのお酒の量はかなり増えていて、アル中だよと理有ちゃんは訳知り顔で言っていた。玄関のドアの音で、私と理有ちゃんは顔を上げた。

「もう寝な」

部屋を覗き込み、ベッドでタブレットを見ていた私と机で勉強していた理有ちゃんを見比べてそう言うと、おやすみと続けてママは自室に戻った。ママ結構酔ってるね、理有ちゃんはそう呟くとまたノートに向き合った。

「まだ一時なのにね」

「最近ペースが早いから」

ワインやウィスキーの空き瓶からビールやチューハイの空き缶まできっちり分別して資源ゴミの日に捨てている理有ちゃんは、ママの酒量をほぼ把握しているようだった。ねえ理有ちゃんこれ可愛くない？　タブレットでインスタを開き、服やコスメにコメントを求めながら、少しずつ瞼《まぶた》が重くなってきたのを感じた。

杏、部屋戻りな、理有ちゃんにわさわさと揺さぶられて顔を上げ、時計を見ると三時前だった。理有ちゃんはパジャマに着替えていて、寝る前の日課の白湯《さゆ》が入っているのであろうマグカップを手に持っていた。うん、と呟いてタブレットカバーを閉じ、それでも体が言うことをきかずもう一度目も閉じかけた時、ガタン、ガシャン、と物音がした。ママかな？　と呟くと、ママだろうねと理有ちゃんは答え、転んだんじゃない？　と素っ気なく続けた。

「大丈夫かな？」

「強迫神経症で鬱でアル中だよ？　そりゃ転ぶことだってあるよ」

「見に行こうよ理有ちゃん」

　ちょっと待ってこれ飲んで持ってっちゃうから。理有ちゃんはパソコンを見つめながらマグカップを持ち上げて言った。理有ちゃんは毎日、同じ生活ができる人だ。毎朝同じ時間に起き、毎朝きっちり朝ごはんを作り、毎朝同じ電車に乗れる。自分で決めたトレーニングや勉強を遂行できるし、沸騰させた後五十度まで冷ました白湯を飲むなんていう面倒な日課も朝晩欠かさずにできる。ママと私はそういうことができない人だ。日記もジョギングも英語の参考書も三日でやらなくなる。典型的な怠惰な人間だ。理有ちゃんは白湯を飲んだマグカップだって、明日の朝でいいのに、飲み終えたらすぐにキッチンに持って行きそのまま洗い物までしてしまうのだ。

「洗っちゃうから見に行ってて」

　そう言われて一人でリビングと繋がるママの部屋の前まできてノックをした。ママ？　さっき音したけど大丈夫？　返事がなくてもう一度ノックをしても、ドアの向こうからは何の物音も聞こえない。

「寝てるみたい。ベッドから落ちたのかも」

　マグカップを水切りに置いてきた理有ちゃんは、一瞬悩んだ後ドアノブに手を掛けた。返事がない時は絶対に開けちゃ駄目と言い聞かされていた私は怯《ひる》んだけど、理有ちゃんは静かに、僅かにドアを開けた。電気は点《つ》いていて、理有ちゃんはドアの隙間から覗き込むように顔を寄せ、次の瞬間ドアノブから手を離して後ずさった。立て付けの悪くなっていたドアはひとりでに十センチほど開いて、私は声をあげた。

「ママ!」

慌てて部屋に入ろうとすると、理有ちゃんは私の手首を摑んだ。

「だめ」

「だめって……」

「このままにして」

「だって、ママ死んじゃう!」

「いいの」

「理有ちゃん? 何言ってんの? 救急車呼ばなきゃ!」

生臭い匂いが鼻をついた。多分それは血の匂いだった。ママの血は壁に床に飛び散り、今もママの体から流れ出しているように見えた。私はママに駆け寄りたくて、でも恐怖に体がすくんで理有ちゃんの手を振りほどくこともできなかった。

「杏、部屋に戻ろう」

青ざめて凍り付いたような表情の理有ちゃんはママの部屋の中に視線を固定したままそう言った。

「理有ちゃん何言ってんの？　ママが死んじゃう！」

「ママは恐怖のないところに行くの」

理有ちゃんは私に向き直って、はっきりとした口調で言い切った。その瞬間、悲しいとも怖いともつかない感情が足元からぐわっと口をあけて一口で私を飲み込むように包み込み、足元が不安定になっていくのを感じた。理有ちゃんが冷静だったとは思わない。私の手首を摑む手は震えていたし、私が手を振りほどいたらその瞬間理有ちゃんの方が頽《くずお》れてしまうような気がした。

「理有ちゃん。駄目だよ。救急車呼ぼう」

「間に合わない。ママは死ぬ」

黙ったまま、二人で何秒立ち尽くしていただろう。五秒くらいだったのかもしれない。でも数分だったのかもしれない。私は理有ちゃんの手を振り払い一気に部屋に入った。

「杏！」

私は振り返らず、フローリングに飛び散ったママの血を踏まないようにつま先立ちで四歩ほど踏み込み、壁に取り付けられた棚に手を伸ばした。

「杏！　何してんの！」

血を浴びていないぬいぐるみは四体だけだった。私は羊が血を浴びていないことに強い安堵《あんど》を感じる。

「死んだらくれるってママが言った」

「杏、止めな！」

「これだけはどうしても欲しいの」

私は羊のぬいぐるみを腕に抱き、その場でママの顔をじっと見つめた。目を見開いたママの顔はほとんど血に塗《まみ》れていた。首に走る十センチほどの傷はぱっくりと開き、粘度のある血液が間接照明の光を浴びてぎらぎらしていた。ママは確かに、もう生きているようには見えなかった。デスクの脇に剃刀《かみそり》が落ちているのを見つけて、本当にこれは狂言でも何でもないんだと思ったら胃や腸や肺や、内臓が全部潰れてしまいそうなほど激しい萎縮を体の中に感じた。部屋から出ると同時に体中から力が抜けて、私は羊を片手で抱いたまま理有ちゃんに抱きついた。理有ちゃんはドアを閉めて、私の背中を何度も上下にさすった。

「私たちは寝てて、何も気がつかなかった。明日の朝、起きてこないママを心配して部屋を見に行って、ママが死んでるのを見つけて、救急車を呼ぶの」

どうしてそんなことするの。泣きながら言うと、ママの意思を尊重しよう、と理有ちゃんは言った。でも、確実に死なせてあげたいということならば、なぜさっきママは助からないと私に断言したのだろう。私は混乱しながら、それでもそれ以上理有ちゃんに楯《たて》つくことはできなかった。

抱きかかえられるようにして理有ちゃんの部屋に戻ると、私たちはベッドに横になった。「朝までここで、二人でいよう」私が言ったのか、理有ちゃんが言ったのか忘れてしまったけど、きっと二人とも同じことを望んでいた。このマンションに引っ越すまで、つまり、ママがパパと離婚するまで、私たちは一緒の部屋で寝起きしていた。セミダブルのベッドで二人並んで、毎晩一緒に本を読んだり携帯をいじったりして、寝る前の時間を過ごしていた。あなたたちおでこをくっつけて寝てたわよ、小さい頃は、ママがそう嬉しそうに言うこともあった。どっちかが風邪をひいたりして寝室を別にされてしまうと、私たちは寂しくて堪らなかった。リビングに敷いた布団で寝るように言われた夜、ママとパパが寝静まったあと子供部屋に戻って理有ちゃんの隣に潜り込んだこともあった。憧れの一人部屋になった時は嬉しかったけど、実際に一人になってみるとただただ、味気なかった。生きている私を見ている理有ちゃんが居ないなら、私は生きていないのかもしれない。そんなことを手紙に書いて理有ちゃんに渡すと、理有ちゃんは呆れて気味悪がったけれど、それからしばらく私が理有ちゃんの部屋に入り浸っても文句を言わなかった。

私は泣いていた。理有ちゃんはじっと黙って顔を強張《こわば》らせていた。私たちは黙っていた。手を握って、ベッドの中でじっとしていた。

それから何十分か経ち、突然玄関のドアがたてるキキッという音に気がついて私は顔を上げる。理有ちゃんは唇に人差し指をあてて、しっ、と呟いた。デスクの小さなランプだけで照らされた部屋は薄暗く、私はさっきのママの顔を思い出して理有ちゃんの手を強く握り締める。

部屋の外から、ぼそぼそと話し声がして、爆発しそうなほど心臓が高鳴った。

「おじいちゃんとおばあちゃんだよ」

理有ちゃんが小声で言って、私は小さく頷いた。ベッドの中、どれだけ息を潜めていただろう。十分、二十分だろうか。そんな状況でも眠気を感じる自分の体を不審に思っていると、突然部屋に光が差し込んだ。理有ちゃん？……理有？　おばあちゃんの声だった。三回目の呼びかけで、理有ちゃんははっとしたように顔を上げた。

「おばあ、ちゃん？」

「理有ちゃん？　杏もそこにいるの？」

「おばあちゃんなの？」

「そうよ。ちょっと二人に一緒に来てもらいたいの」

「え……なに？」

「いいから、一度うちに来てもらいたいの」

ううんと呻くように言って、寝ぼけたように私も顔を上げた。廊下からの逆光でおばあちゃんの顔は陰になっていたけれど、僅かに引きつったような微笑みが見えた。

「おばあちゃん？　どうしたの？」

「いいから一緒に来て」

ヒステリックでもなく、怒鳴り声でもなく、それでも私たちが楯つけないくらいに強い口調で、おばあちゃんは言った。おばあちゃんに急かされて、理有ちゃんはパジャマの上にカーディガンを羽織ってスマホを、私はスウェット姿のままスマホと羊のぬいぐるみを持ってマンションを出た。マンションの下にはもうタクシーが到着していて、助手席に乗り込むとおばあちゃんは運転手に自分の家の住所を伝えた。後部座席に座った私たちを振り返って、意を決したようにおばあちゃんは言った。

「ママが、病気で倒れたの」

「どういうこと？」

「ママは、さっき救急車で搬送されたの。気分が悪くて倒れそうだって電話があって、私とおじいちゃんが駆けつけたら、ママが部屋で倒れてた。あなたたちを混乱させないようにって、おじいちゃんが付き添って搬送してもらったの」

私は混乱していた。理有ちゃんを見上げて、理有ちゃんのグレーのカーディガンから出た手を握る。おばあちゃんは私が狼狽《ろうばい》していると思ったようで、目に涙を浮かべた。

「多分心臓だろうって、救急隊員は言ってたわ」

嘘だ。ママはまだあの部屋にいる。救急隊員なんか来ていない。私たちに自殺だと知られたくないから、おばあちゃんは嘘をついているのだろうか。でもそんな嘘をつき通せるものか。ママは首を掻き切って自殺したのに。そもそも何でおじいちゃんとおばあちゃんはうちに駆けつけたんだろう。ママが電話かメールで連絡をしていたのだろうか。

「私たちも病院に」

「駄目よ」

「どうして？　どうして私たちが付き添えないの？」

「多分……助からない」

「……でも！　そんなのおかしい！　ママの所に連れて行っておばあちゃん！」

私はずっと押し黙っていた。理有ちゃんの演技が恐ろしかった。いや、演技じゃなかったのかもしれない。そこで初めて、理有ちゃんはママの死を受け止めたのかもしれない。私と二人だったから、理有ちゃんはママの死を受け入れられなかったのかもしれない。

「おじいちゃんからの連絡を待ちましょう」

理有ちゃんはわっと泣いて、私と繋いでいない方の手で顔を覆った。理有ちゃんを見ているうちに私も耐えきれなくなって泣き出した。でも私の涙は、半分はママを失う悲しみ、もう半分は理有ちゃんへの恐怖だったかもしれない。理有ちゃんが救急車を呼ぶなと言った瞬間から、私の中で理有ちゃんのことが分からないという不安と恐怖が膨らみ続けていた。おばあちゃんは私たちから目を逸らしてまっすぐフロントガラスを見つめた。おばあちゃんも泣いていた。車の中で三人、肩を震わせていた。おばあちゃんが可哀想《かわいそう》だった。孫たちにショックを与えないために、娘の亡骸《なきがら》にも付き添えず嘘をつき続けるおばあちゃんが。隣で泣いている理有ちゃんは、おばあちゃんの悲しみがちゃんと分かっているんだろうか。あの時救急車を呼んでいれば助かったかもしれないママのママが、私たちが意図的に発見を遅らせたと知ったらどう思うのだろう。理有ちゃんへの不信感と、ママが死んだ悲しみ、おばあちゃんへの申し訳なさ、自分がしたことへの混乱。あらゆるものの狭間《はざま》で潰れそうになっていると、ふとある思いが頭をよぎった。私が頼れる人はもう、理有ちゃんしかいないんだと。

おばあちゃんの家はタクシーで二十分ちょっとの距離で、到着からほどなくして、おじいちゃんからの電話を取ったおばあちゃんが、ママは心筋梗塞で亡くなったと断言した。目を腫らしながらようやく泣き止んでいた私はまた泣いた。今すぐママの所に行かせてと呟いた理有ちゃんの肩を抱いて、少し休んで、眠れなくても横になって、遺体は今日家に戻ってくるっていうから、おじいちゃんから連絡があったら行きましょう、おばあちゃんはそう言って、耐えきれないという表情で自分も泣き出した。

「ここは昔ママの部屋だったのよ」

おばあちゃんの敷いてくれた二組の布団が並ぶ部屋は、ここに泊まる時私と理有ちゃんがいつも寝かされていた部屋で、私たちをここに寝かせる時、おばあちゃんはいつも嬉しそうにこの台詞《せりふ》を口にしていたけど、その時のおばあちゃんはぞっとするほどくぼんだ目を潤ませてそう言った。

「おばあちゃんもちょっと休むね」

おばあちゃんはそう言って、部屋を出た。どれだけ待っても階段を降りる音が聞こえなかったのは、多分ドアを閉めた所でへたりこみ、声を殺して泣いていたせいだ。合皮のソファに並んで座った私たちは、どちらからともなくゆっくりとした動きで布団に入った。自分の頭の傍に羊を並べると、私は彼にも布団を丁寧に掛けた。おばあちゃん家の布団は重たい。うちで羽毛布団しか使っていないから、ここに来るたび私たちは寝苦しいと言ってタオルケットだけで眠った。でもこの時だけは、自分にのし掛かる布団の重たさに安堵した。それだけの重さがあることで、何かが何かから守られているような気持ちになれたのだ。

ママの遺体は綺麗だった。棺《ひつぎ》の窓から見えるママの顔に、脱脂綿が詰められている鼻以外ほとんどおかしいところはなく、血まみれで開け放していたはずの口もしっかりと閉じていた。私は首を凝視したまま溢れそうになった言葉を飲み込み、理有ちゃんを見上げた。私は昨晩見たママの凄惨な姿を、もはや信じられなくなりつつあった。

「普通はこのタイミングで納棺しない」

「え?」

「釘まで打ってある。修復した箇所を私たちに触らせないためだよ」

小声で言う理有ちゃんに向けていた視線を、キッチンに立つおじいちゃんとおばあちゃんに向ける。

「ママは心筋梗塞で死んだ。私たちは昨日の夜私の部屋で寝ていて何も知らない」

それは催眠術師のような言い方で、私はその力強さに押されて小さく頷いた。

「おじいちゃん。ママは、ママの部屋で死んでたの?」

ママの部屋を指差して聞いた私に、おじいちゃんがそうだよと答えた。立ち上がり、ゆっくりと足を踏み出した。昨日物音を聞いて様子を見に来た部屋の前に立ち、ドアノブに手を掛ける。止められると思っていたのにおじいちゃんもおばあちゃんも黙ったままで、呆気《あっけ》なく開いたそのドアの向こうには、眩《まばゆ》いまでの光が差し込んでいた。ママは隙間から光が入るのを嫌って、いつも遮光カーテンの隙間をクリップで数ヶ所留めていた。不思議なことは、その遮光カーテンが全開になっていたこと。あと、血の跡が完全に消えていたこと。私はフローリングを、壁紙を見つめて言葉を失った。血の跡は？　と声に出しそうになって、慌てて口を噤《つぐ》む。でも決定的な違いがあった。血を浴びていた、ママのコレクションのぬいぐるみが全部消えていた。

「おじいちゃん」

「うん？」

「ママのぬいぐるみがない」

「心筋梗塞のせいで、ママは嘔吐もしてたし、少し吐血もしてたんだ」

「汚れてたってこと？」

「うん。だからぬいぐるみは処分した。ベッドの脇にあったラグも処分した。勝手にごめんな」

それよりも、壁だ。私は目だけを動かしあちこちを見回した。わざわざ壁紙まで張り替えたのだろうか。血を浴びていた側の壁は、拭き掃除では取りきれない範囲に飛び散っていたし、血の匂いも強烈に漂っていたはずだった。ベッドに腰掛けていると、理有ちゃんがやって来た。

「壁は張り替えたね。さすがにドイツのぬいぐるみは取り寄せられなかったか」

私は色々なことが怖くて、理有ちゃんの顔を見れずにいた。

ママの死因は心筋梗塞だった。少なくともそういう体で、私たちや葬式に来た人たちには説明されたし、ニュースでもそう言われていた。私たちはおじいちゃんの家に引き取られたけど、二人きりになっても理有ちゃんはママの自殺についてはもう何も語らなかった。ママの死後半年が経った頃、理有ちゃんの強い希望で私たちは理有ちゃんの大学と同じ路線上のマンションに住み始め、私は新しい中学校に転入した。ママの死から一年半が経った頃、理有ちゃんが留学先のマレーシアに飛んだ。私たちが半年離れる時間を持つことになったのは、今思えば理有ちゃんの望みで、目的でもあったのかもしれない。

自殺したママ。自殺を許さない晴臣。自殺を隠蔽した祖父母。自殺を幇助《ほうじょ》した姉。自殺なんてなかったように振る舞う自分。きっと、皆それぞれの切実な思いの中で、最善と思われる選択をし続けてきた結果が、この今なのだ。

オミ。そう呟いた私と目を合わせ、晴臣は微笑んだ。窓の隙間から入り込んだ柔らかい風が、実験台の下で手を繋ぐ私たちの髪の毛を揺らす。私は自分の滑らかな嘘に僅かに顔を歪め、穏やかな光に目を細める。久しぶりに、ママに会いたいと思った。

半ば無理やり連れられてきたパーティで、居心地の悪さを感じていると、真由《まゆ》が私の腕を引っ張った。初めて訪れた真由の家に集まっていた三十人ほどの若者に面識のある人は一人もおらず、初めまして、とか、真由の大学の友達ですなどと自己紹介をしていると、ソファに座っていた男女がキスをし始めた。あまりに熱烈なその様子に、高校生もいるのにと思って辺りを見渡したけれど、高校生らは意外に落ち着いていてそちらを見はするものの特に騒いだりする子はいなかった。でもその男女が部屋の隅に行き、その場に立ったまま男が女のパンツを脱がせるのを見てぎょっとする。これってそういうパーティなんだろうかと、不安に思いつつ周りを観察する。真由の「やだ、あれ見てよ。こんなパーティで非常識ー」という言葉に若干安心するものの、真由の声がさほど驚きを含んでいないことに懸念が残る。真由の声が聞こえたのか、挿入しようとしていた男が振り返ってこちらを見た。

「……何やってんの？」

その女の子の腰を摑んでいた男はパパだった。

「あれ？　理有？」

あまりのことに頭に血が上り、体中が爆発しそうなほどわなわなする。ズボンを上げてボタンを嵌《は》めたパパはこっちにやって来て、何やってんのここで？　と何事もなかったかのように私の隣に来た。

「止めてよ気持ち悪い！」

真由や他の参加者たちへの申し訳なさから、苛立ちと情けなさが入り混じったまままそう言って睨《にら》みつけた瞬間パパは何故か広岡さんに変わっていて、別にいいだろと悪びれずに言う。内容にもストーリーにも整合性が感じられず私の混乱が最高潮に達した時、目が覚めた。

ゆめ。と声には出さず呟いた。何なんだこの夢は。混乱と共に起き上がり、布団を出た。スマホを手に取るとトップ画面に広岡さんの名前が浮かび上がりぎょっとする。「髪はどう」素っ気ないメールに、私は思わず本音を漏らす。「広岡さんが人んちのパーティで女の子とセックスしようとしてる夢見ました」。入れた後にあまりにダイレクトな言い方をしたなと後悔したけれど、「なんだそれ」と一言返ってきたのを見て、少し現実に引き戻された気がした。

スマホには02：23と出ている。広岡さんのメッセージが入っていたのが一時過ぎだったから、私は寝ぼけたまま広岡さんの名前を見つけて、あんな夢を見たのかもしれない。広岡さんは確か四十過ぎで、中学生くらいの息子がいる。謎めいた雰囲気はあるものの、たまに家族の話もするし、特に遊び人という印象ではない。パパだってむしろ女性嫌いに属するタイプだ。でもそれは、娘だからそう感じているだけかもしれないし、娘だからそう見せているだけかもしれない。母の離婚後、男性と距離のある生活を送ってきたせいか、私には男性に対する言いようのない懐疑心が根付いていた。光也に対して好意があるにも拘《かか》わらず、相手に踏み込むような言動をとれないのは、その懐疑心と慣れのなさが原因に違いない。冷静に分析しても、現状への曇った思いは晴れなかった。

どうやって生きていけばいいのだろう。母が父と離婚し、父が出て行った時、漠然とそう思った。父は特に母の精神的な支えになっていたわけでもなければ、経済的な支えになっていたわけでもなかった。でも父は、常に私の心の拠《よ》り所だった。いつでも連絡しなさいと言われてはいたけれど、一人荒野に取り残されたように、不安だった。母はそれまでとほとんど変わらなかったし、杏はと言えば母以上に父の不在には無頓着だった。マザコンでシスコンな杏には、父なんて飾り物程度の価値しかなかったのだろう。ショックを受けるどころか離婚という状況にちょっとわくわくしてすらいた。私中城《なかしろ》って名前好きなの、中城杏ってかっこいいよね？　とはしゃいでいたほどだ。私だけが、父の不在に静かに衝撃を受けていた。私たちはこれからどうなってしまうのだろう。ブレーキのないジェットコースターに乗り込んだように、不安だった。いつか線路が千切れて吹っ飛んでいくんじゃないか、いつか力尽きて線路の低いところで前にも後ろにも進めなくなってしまうんじゃないか、どちらにせよ、私たちが停車すべきところで停車することはもうないような気がしたのだ。

父が出て行って六年が経つ。最後まで、父も母も離婚の理由を私たちに語ることはなかった。言う気も言う必要もない。そう言い張る母の無責任さがまかり通ってしまったこと、それだけがあの四人家族が壊れた原因だったのかもしれない。そして私の懸念通り、母はジェットコースターの途中で一人どこかに消えてしまった。

「で？」

「それで、気が付いたら父が広岡さんになってて」

「へえ」

「何やってるんですかって言ったら、別にいいだろ？　って開き直ったんです」

「ふうん」

「反応薄いですね」

「夢の話だろ？」

「そうだけど、ショッキングな夢でしたよ。ストーリーも、父と広岡さんの入れ替わりも」

「俺は何となく分かってたけどね。君が俺の父性を評価してるの」

「私が広岡さんの父性を評価してる？　そんな態度一度も取ってないと思いますけど」

「女だってあるでしょ、この人自分のこういうところが好きなんだろうなーって思うこと。男だってある程度相手が自分のどういうところに好意を持って、どういうところを評価してるのか分かるんだよ」

　へえと呟き、ブローをする広岡さんを鏡越しに見つめる。

「言いたそうだから聞いてあげるけど、今日は何があるの？」

　四年間カット以外頼んだことのない私が突然セットを頼んだのだから、不思議に思うのは当然だ。それでも見透かされたようで顔を顰めると、私は一瞬言い方を迷った後に「男の人と会う約束があるんです」と答えた。

「パパ？」

「違います。バリスタやってる人です」

「何が不安なの？」

不安。と呟いたけれどしっくりこない。私は不安なのだろうか。

「そもそも私、男の人が得意じゃなくて。長年付き合いのある男性って、父と広岡さんくらいなんです」

「髪切ってるだけだけどな」

「両親は離婚したし、妹は不毛な恋愛しかしてないし、恋愛にはあんまりいいモデルがないんです」

「お母さんは、離婚した後誰かと付き合ってなかったの？」

「何人か付き合ってたみたいだけど、私たちに紹介することはなかったたし、多分、結婚を考えるような人はいなかったんじゃないかな。広岡さんも、両親離婚してますよね？」

「俺の母親は、俺が幼稚園生の時に離婚して、十一歳の時に再婚したんだよ。できちゃってさ。妹とは歳《とし》が離れすぎてるし、なんか新しい父親は、まあ平和主義でいい奴《やつ》だったんだけど若干ヒッピー入っててあんま好きになれなくて、だから高校卒業してすぐ家出て、美容室で働き始めたんだ」

「今は、お母さんたちとは仲いい？」

「まあ普通だな。妹はたまに髪切りにくるよ」

「広岡さんは今もう自分の家庭があるわけじゃない。そういうのってどうなんですか？　例えば自分の生まれ育った家庭と比べたりします？」

「それはないな。やっぱ別もんだし。これって離婚家庭で育った子供のその後、みたいな取材か？」

「そういうわけじゃないけど、皆はどうなのかなって」

「あんま深く考えない方がいいんじゃねーの？」

私の要望通り、広岡さんはコテで髪をゆるりと巻いていく。鏡の中の、いつもと違う雰囲気を纏《まと》っていく自分自身に戸惑う。

「何も考えないで飛び込めばいいじゃん」

ダッカールに髪が引っかかり、広岡さんが引き抜いた瞬間ぴりっと痛みを感じる。一瞬顔を顰めると、広岡さんはごめんごめん、とダッカールを留めていた辺りを指先で撫でた。

「なんかあったら連絡しな」

広岡さんが撫でた頭の一部分に記憶が眠っていたかのように、パパが私の頭に置いた手の温かさが唐突に蘇り、私は体の中に湧き上がる動揺と感動に気づく。「怖くなったらいつでもおいで」。フランスで二人暮らししていた頃、私の寝る間際いつもパパが頭に手を置いて掛けてくれた言葉だった。毎晩おまじないのようにその言葉を聞かないと眠れなかった。数ヶ月に一度、パパが食事会や観劇に行ってシッターのおばさんに寝かしつけられた時も、私は一睡もできないままパパが帰ってくるまでベッドの中で目を見開いていた。

「やっぱ父性か」

私の言葉を鼻で笑って、広岡さんは繊細な飴《あめ》細工を作るように丁寧に髪のカールを作っていった。

あれ、こんなのあったっけ？　レジの前で財布を出しながら指さすと、広岡さんはああスクラブ？　と後ろを振り返った。

「へえ。スキンケアも置くようになったんだ」

「ボディスクラブっつーの？　なんか塩みてーなやつ入ってんだよ。俺も使ってるよ」

美容師とは思えない雑な言い方をする広岡さんに、一つ買おうかな、と言う。半透明の紫パールのボトルは、幼い頃ママが気まぐれに買ってくれたマニキュアの色に似ていた。口紅して。何故かマニキュアと口紅を混同して覚えていた四歳くらいの杏が、よくそう言ってそのマニキュアを塗ってくれとせがんだ。杏はまだ小さいから、小指だけね。そう言うと、大きくなったら全部塗ってくれる？ と目を輝かせてその小瓶を見つめていた。

会計を終えると、私はチューブボトルの入った紙袋を持ち、イプシロンを出た。今日ここに来ただけでも、今日には意味があった。イプシロンに来ることで、広岡さんと話すことで、そう思えるための布石をしておきたかったのかもしれない。だとしたら、私はどれだけ臆病で、あんなに優しくて人当たりのいい人のことをどれだけ怖がっているのだろう。

こんにちは。二人でほとんど同時にそう言って微笑んだ。彼は笑顔になる時、本当に嬉しそうな顔をする人だ。私は一体何を怖がっていたんだろう。さっきまでの不安が、嘘のようにぐんと水位を下げていく。

「なんか叫んじゃいそうなくらい嬉しいです」

「叫んでいいですよ」

「そんなこと言われたらほんと叫ぶよ？」

私は光也をほとんど眩《まぶ》しいような気持ちで見つめながらメニューを受け取る。フードメニューに目を留めて悩んでいると、髪、巻いてるのもかわいいね、と言われ、メニューから目を上げないまま微笑んでありがとうございます、と言う。

「オススメはオムライスです」

「じゃあ、オムライスにしようかな。あと、食後にカプチーノを」

かしこまりました。そう言ってカウンターの中に入る光也は、親のお手伝いをしている子供のように嬉しそうで、カウンター越しに見ていても何となく心配になる。だいじょぶ、だいじょぶだいじょぶ、フライパンに載る卵を丸めながら、光也は私にそう微笑み、綺麗に固められたひし形のチキンライスの上にふるふると揺れるような縦長の卵焼きを載せた。光也は私の前にお皿を置いてから卵の真ん中にすっとナイフを入れ、つるんと両側にかぶせた。おおっ、と思わず声を出すと、やったっ！　と光也は一瞬飛び上がった。

「すごい。とろとろ」

「実はこの形、全然成功しなくって」

「そうなの？」

「うん。いつもは卵二個で普通のくるっと巻くスタイルなんだ。でもずっとこのとろっとしたやつやってみたくて、たまにまかないで練習してて」

「これ、卵何個？」

「三個」

「そんなに？」

「何て書いて欲しい？」

「おまかせで」

じゃあ、と言いながら光也はケチャップで器用に「おいでやす」と書いた。とろっとした半熟卵の上で、ケチャップが少しずつ滲んでいく。めしあがれ、とスプーンを渡す光也にありがとと応えて、いただきますと会釈する。ケチャップと半熟の卵、チキンライスをスプーンに載せて頬張ると、酸味と甘み、ジューシーなもも肉の香ばしさが口の中でふんわりと溶け合っていく。おいしい、と言いながら二口目を頬張る。不思議だった。光也といると、食べ物がいつもよりずっと美味しく感じられる。母は摂食障害だったし、杏は食事なんて車にガソリン入れるのと同じくらいに思っている人だから、人と食べ物の喜びを共有できるのが新鮮で、嬉しかった。

「なんか久しぶりに人の手料理食べて」

「そう？」

「外食はたまにするけど、なんていうかこう、人が作ってくれた感があるもの食べるのが久しぶり」

言いながら胸がつかえるような感覚に襲われ、私は言葉を止めてまたオムライスを口に入れた。

「いつでも作るよ。いつでも来てよ。どこにでも作りに行くし」

いつの間にかカウンターの中に戻っていた光也は、カウンターに両肘をついて私を見つめ、満足そうな顔でそう言った。

「オムライス、作りに来てくれるの？」

「行く行く。ナポリタンでも、ピラフでも、サンドイッチ各種も受け付けるよ」

くすぐったいような気持ちの中、オムライスと口の間でスプーンを動かし続けた。あと数口で食べ終えるという時に、泡でハートのラテアートが施されたカップが出された。

「これも、ミルクフローサー持っていつでも作りに行くよ」

今までこんな風に好意を示してくれる人がいなかったから、嬉しいというよりは戸惑いに近い気持ちになる。

「こんにちはー」

突然大きな声が聞こえて私と彼は振り返る。五時に交代すると話していたから、そろそろ来るとは思っていたけれど、やっぱりエプロンを締めながらやって来たのは彼の叔母のようだった。

「あ、初めましてー」

弾むような声でそう言った彼女を、光也は叔母ですと手で示して紹介した。

「コーヤが、すごく素敵な人なんだって話してたの。会えて嬉しい。ちょっと変わった子だけどとってもいい子だからよろしくね」

ドイツに長い間住んでいた音楽家だと聞いていたから、もっと堅物なイメージをしていたけれど、こんな体で海外生活を送っていたのかと思うほど、細くてふんわりした、女学生的な雰囲気の残る女性だった。

「せいさんていいます。星って書いて」

「初めまして。中城理有です」

「いいわよ上がって。後やっとくから。お姉ちゃんたちには紹介するの?」

「やめてよ。今日はオムライス食べに来てもらっただけなんだから」

恥ずかしそうに答え、ちょっと着替えてくるから、待っててくれる？　と聞く光也に頷くと、すぐに戻るねと言い残して彼は店の奥に入って行った。お客さんが二人いるだけの店内で、何となく居心地の悪い思いをしていると、星さんが私の前にお冷を出した。

「コーヤ、オムライスに必死になってお冷忘れてたのね」

「ありがとうございます」

「今日はどこ行くの？」

「映画に行く予定です」

「中城って珍しい苗字よね」

「ああ、よく、なかぐすくって読み間違えられるんです」

「真ん中の中に城？」

「そうです」

「へえ。中城ユリカさんって作家知ってる？」

「……えっと」

「うん？」

「あ、母なんです」

隠すのも気が引けて言ってしまったけれど、やっぱり言わなきゃ良かったと目を見開く星さんを見て思う。

「うそっ。え、コーヤそれ知ってるの？」

「いえ、言ってませんけど」

「あの子、中城さんの本持ってるわよ。きっとすごく喜ぶわ」

え、と声が出て、胸元に墨汁を垂らされたようなもやもやを感じる。光也が母の本を読んでいると考えただけで、吐き気がした。何となく、光也は小説を読まない人だと思っていた。でも考えてみれば軽音サークルでバンドをやったり、人を寄せ付けないためにぬいぐるみを持ち歩いてたりした人は、どう考えても小説に近いところにいるはずだった。

あの、とバッグの中をかき回しながら席を立った。ごめんなさいちょっと今日は帰ります、と呟いて、財布から出した二千円をカウンターに置くと私は入り口に向かった。え、理有さん？　と驚く星さんに、光也さんにごめんなさいって伝えてください、と言い残しドアを押し開け外に出る。私はもう母のことは乗り越えている。母のいない今の生活で十分充足して、きちんと生きている。なのにどうしてこの世界は私に母を思い出させるのか。何故か悔しくて、踏み出す足に力を籠《こ》める。歩く振動でハーフアップを留めているユーピンがずれたのか、頭に微《かす》かに痛みを感じて手をやる。私はふわふわに巻かれた髪からユーピンを一本引き抜くと、駅に向かって早足で歩いた。

何度もスマホが鳴っていることに気づいていた。相手は光也だ。バッグに入れっぱなしのスマホを手に取る気になれないまま、私はベッドに横になっていた。杏は最近お昼頃に学校に行き、そのまま深夜まで遊び呆《ほう》けているようだった。晴臣くんとよりを戻したようで、家に寄り付く気配はない。彼が一人暮らしをしている部屋に泊まって一晩二晩帰って来ないこともある。それなのに帰って来れば自分が歓迎されるのは当然と言わんばかりに今日のご飯はなーに？　とまとわりついてくる。杏はいつも自分のことしか考えていない。自分の快楽のことしか考えていない。そしてその自分は常に誰からも愛されていて、皆が自分の快楽のために奉仕するのが当然だと思っている。私はベッドに寝そべったままようやくスマホを取り出した。

「何か気に障ることしたかな」「叔母がお母さんの話をしたと聞きました、プライベートに踏み込むようなことを聞いてごめん」「当然だけど、僕は理有ちゃんのお母さんのことは知りませんでした」「えっと、確かにお母さんの本は何冊か読んだことあるんだけど、理有ちゃんのお母さんだとは知らなかったってことです」「とにかく、僕は理有ちゃんとこれからもっと親しくなりたいと思ってます」「連絡待ってます」。連投されたメッセージを読み、私はスマホからパパにスカイプで電話を掛けた。向こうはまだ昼だし出ないかと思ったけれど、三回もコールが鳴らない内にビデオが繋がった。

「どうしたの急に」

いつも、メールで今話せるかどうか確認してから掛ける私に、パパは意外そうな顔をした。パパの向こうに、人の気配はない。私はいつも、パパが一人でこの部屋にいることに安心している。もちろん恋愛や結婚はパパの自由だ。でもどこかで、パパが一人で居るということが、心の中の何かをせき止めているのかもしれなかった。

エリアスに似てる男の人は、ママの小説の読者だった。私は単刀直入に、今日自分が予定を切り上げて帰宅した経緯をパパに聞かせた。

「理有は、何が嫌なの？　何でユリカのことにこだわってるの？」「こだわってない。ママに呪われてる気がするだけ。私は全然こだわってない」「ユリカは病気だった。それで、ユリカの病気にも死にも、理有は関係ないんだよ」

関係ないと言ってもらいたい気持ちと、関係あると言ってもらいたい気持ちと両方あって、関係ないと言われてショックを受けている部分と、ほら見ろやっぱり関係ないと思っている部分と両方あった。

「あれは自家中毒だよ。自分の中で毒を作り出して、延々体中に送り出してどんどん弱っていった。そういう感じだよ。ラーメンが美味しくないとかそういう理由でユリカは苦しんでたんだって思った方がいい。ゾンビみたいなもんだと思ったらいい。同じ人間の形をしてても全然違う原理で生きてる。ユリカが何を考えていたのかとか、そういうことを考えるのは不毛だよ。ああいう人に対して共感をもって向き合おうとしても無駄なんだ」

確かに、締め切り前の苛々や確認衝動で私たちを憂鬱にさせることは多々あっても、母が私たちに自分の感情をぶつけたことは一度もなかった。酔っ払っている時でさえ、母は泣いたりはしゃいだりする姿を私たちに見せることはなかった。そして同時に、私たちの喜んでいる姿を見て喜んだり、悲しんでいる姿を見て悲しんだりということもなかった。母が何者かに共感している姿を、私は一度も見たことがない。そもそも彼女に、感情というものはあったのだろうか。

「そういう人と一緒にいて、パパは不毛じゃなかったの？」「俺は人と共感を糧にするようなコミュニケーションを取らないからね」「どういうこと？」「同じものに喜んだり悲しんだりして仲良くなっていくようなコミュニケーションは取らないってことだよ。もちろん相手が助けを求めてくれば助けたいと思っただろうけど、ユリカは俺に何も求めなかった。人にどうにかしてもらえる問題じゃないことはユリカが一番よく分かっていただろうしね」

母は、パパのこういうところに惹《ひ》かれて結婚したのかもしれない。自分の存在に一ミリも動かされない人だからこそ、パパを選んだのかもしれない。それが二人にとって幸せなことだったのか、私には想像もつかない。

「ママは誰かに、自分の感情とか気持ちを吐露することはなかったのかな？」

「ユリカには小説があった」

隠れて読んでいた母のインタビューで、印象に残った言葉があった。いつも斜に構えたような答え方をする母の言葉の中で、これは本心だなと思ったのだ。中城さんの小説を読んでいると、直視しがたいものを見せつけられているような気がして苦しくなってきますとインタビュアーに振られた彼女は、「私は小説を書いている時が一番解放されていて、現実に向き合う時ほど絶望しています。小説の中には、私の存在を知っている人は一人も居ないから」と答えていた。母が小説の世界に没頭していられるように、私は家事を担った。手続きや事務的なことも担った。それでも彼女は常に苦しんでいた。パパの言うように自家中毒的に苦しみを作り出していたのか、自律神経失調症やアルコール依存で体が辛かったのか、私の知らない、仕事上の悩みやスランプや、恋愛のいざこざがあったのかは分からない。母は死ぬ数年前からどんどん何者かに生命力を削《そ》ぎ落とされ続けていたように思う。

「エリアスのことが好きなら、ちゃんと連絡しなよ」

「そうだね。分かってる。ごめんね急に掛けて」

「大丈夫だよ。何かあったらいつでも連絡しな」

パパの言葉にふと思い出して、「怖くなったらいつでもおいで」と呟くと、パパは一瞬きょとんとして、すぐにその顔を柔らかく緩め、懐かしいなと言った。久しぶりに、パパに会いたくなった。

スカイプを切ってしばらくベッドに横たわり、ぼんやりと来週のレポートのテーマについて考えていると、スマホが鳴った。エリアスではなくて、広岡さんだった。

「俺ボディじゃなくてフェイスの方入れてない？」何のことか一瞬分からず考えて、あっと思い出してバッグを探った。小さな紙袋の中を見てみると確かにそこにはボディスクラブを一回り小さくした形のフェイススクラブが入っていた。「確かにフエイスです」と入れると、「今度店の近くに来たら取りにおいで。フェイスはサービスであげる」と入ってきた。「ありがとうございます」と入れた後しばらく悩んで「結局なんか、色々あってデート前に帰っちゃいました」と追加した。寝る前の白湯を飲むため、スクラブを洗面台に置くと、キッチンに出て水を入れたケトルのスイッチをオンにする。冷え性の人は基礎体温を上げることが大切だという記事を読んで以来、実践してきた。起きてすぐと寝る前の一日二回は必ず飲んできた。杏はスピリチュアルみたいと笑うけれど、自分自身基礎体温が上がったのを実感している。今日もいつものマグカップに白湯を満たし、部屋に戻る。五分ほど待って冷めてきた白湯を十分ほどかけて飲み干し、キッチンでマグカップを洗ってから寝る。これは私が四年間続けてきた習慣だ。

デスクの上でスマホが光っているのに気づいて手に取ると、マグカップを置いて画面をスワイプする。「今新宿だからちょっと来い」。一瞬意味が分からず、思わずトーク一覧に戻る。メッセージが広岡さんからであることを確認して、もう一度メッセージを読む。広岡さんとはこの四年間、三ヶ月に一度彼の店でカットしてもらう以上の関係は持ってこなかった。私が留学する直前にメールアドレスを教え、留学中に二度ほどメールのやり取りはしたけれど、それ以上の付き合いはなかった。

何故急に新宿に呼び出されなければならないのか、来いなどと上から目線で呼び出されなければならないのか、意味が分からずメッセージを凝視する。何でですか。新宿のどこに誰といるんですか。どういう用件ですか。返信内容を打っては消していると、「鶏太郎《とりたろう》新宿南口店」と入った。ああと思い出す。前に、広岡さんが白レバーが美味しいと話していた店だ。デスクの上のマグカップを手に取ろうかどうか迷って、私は眼鏡を外してコンタクトレンズのケースを開けた。

ただいまー。大きな声で言っても返事はなくて、ノックしてドアを開け、そこに理有ちゃんがいないことにようやく気づいた。なんだあ。と呟いてドアを閉めようとした瞬間、理有ちゃんのデスクにマグカップが載っているのを見つけて足を止める。パソコンにかかったら壊れるからという理由で、白湯は寝る前十分に限り、飲み終えるとすぐにマグカップを洗う理有ちゃんの律儀さを知っている私は思わず部屋の電気を点けた。バッグもないし、スマホもない。自分の意思で出かけたのだと分かるとほっとして、私は自分の部屋に戻った。

理有ちゃんは最近様子がおかしい。いつになくスマホを肌身離さずポケットに入れているし、スマホを見つめて微笑んでいることもあった。どう考えても男だった。私は少し愉快な気持ちになって、ベッドに横になるとタブレットを手に取った。理有ちゃんはまずファッションをどうにかした方がいい。コンタクトも黒目が大きく見えるカラコンに変えた方がいいし、何よりもあの陰鬱とした雰囲気をどうにかするべきだ。明日は二限目から授業に出て、お昼からは理有ちゃんの服を買うために渋谷辺りを散策しよう。考える内にうきうきしてきて、バッグもださかったし、財布もぼろぼろだった、靴もヒールが高いのを履けばもっとスタイル良く見えるのに、と理有ちゃんの全身コーディネートを考えながらファッションサイトをサーフィンする。明日昼から渋谷ね、と晴臣にチャットを送ると、キッチンでビールを出してプルタブを引き上げた。窓のカーテンは開いていて、私は電気を点けないまま窓の前に立つ。高いビルに、雲、広告の看板、いくつかの星とまん丸に近い月。振り返って廊下から差し込む光を見つめる。リビングを見渡して、この家に一人なのだと改めて思う。

ママが死んだ後、半年くらいおじいちゃんの家に住んで、ここに引っ越してから一年半ほどが経つ。ママと住んでいた前の家は3LDKで、この家は2LDKだ。この家にもう一つ、ママの部屋がある形で、ママの部屋はリビングと直接繋がっていた。パパがいなくなり、ママがいなくなり、理有ちゃんがいなくなり、理有ちゃんが戻ってきた。普段夜遊びをしない理有ちゃんは、今どこで、誰と何をしているんだろう。

震えたスマホを出して「了解。朝学校来るよね？」という晴臣の言葉に「いくいく」と返す。理有ちゃんの好きな人、彼氏？　はどんな人だろう。理有ちゃんがこれまで付き合った人は二人。一人目は中学の頃に一ヶ月か二ヶ月程度で別れた。興味本位だったんだろう。二人目は樋口《ひぐち》くんという高校の同級生だった。理有ちゃんの初めてのキスもセックスも、多分樋口くんだった。樋口くんは真面目で学級委員長とかをやってそうなタイプだったけど、隣の部屋で二人がいちゃついているのを壁に耳をつけて聞いていた時、「ゴムなしでいい？」と囁《ささや》くのを聞いて以来、私の中で樋口くんはチャラ男認定されてしまった。駄目、と理有ちゃんは突っぱねたけれど、それ以来私は何度顔を合わせても樋口くんとは一度も口をきかなかった。声を掛けられても完全に無視する私に、理有ちゃんはもちろんママさえもがどうしたのと聞いたけど、私がその理由について答えることはなかった。私自身、樋口くんがゴムなし申請したからといって何故樋口くんと口をききたくなったのかは分からなかったのだ。多分、元々あいつうざいと思いながら我慢してきたのが、ゴムなし発言で許容範囲を超えてしまったんだろう。でもその樋口くんともママが死んですぐの頃、別れてしまった。ちょっと前からうまくいってなかったのと理有ちゃんは言ったけど、多分何もかもが面倒になってしまったのだろう。ママの死から数ヶ月間、理有ちゃんは日課だった白湯さえも飲まなかった。

ビールを持ったまま洗面所に行き、フェイスローラーを手に取ろうとして、洗面台の脇に数本置かれたユーピンと、初めて見るフェイスクラブに気がついた。私も理有ちゃんも、アメピン以外のピンは使わない。見慣れないユーピンを手に取り、私はふと思いつく。そう言えば帰国してすぐ、理有ちゃんは髪を切りに行っていた。理有ちゃんがずっと通っている表参道の美容室だ。いつも切ってもらっているそこの店長の話を、理有ちゃんから何度か聞いたことがあった。無愛想で口が悪い、と言っていたはずだ。理有ちゃんはパパや樋口くんみたいな、いわゆるヤンキーと一番遠いタイプの男が好きだから、口が悪い美容師と付き合うとは思っていなかったけど、それ多分オラオラ系狙ってんだよと言う私に、オラオラ系とは全然違う、と強く否定していたのが何となく気にかかったのを覚えている。でも子供いるって言ってたしなー、と声に出して呟いてみる。声に出した瞬間、予想は重みを増した。顎をコロコロしながら部屋に戻ると、私はベッドに仰向けになって頬をコロコロしながら目を閉じた。二十歳で不倫とか、重いなー。目を閉じたまま呟くと、少し愉快になった。

で、結局誰なの？　その美容師だったの？　晴臣の言葉に首を傾《かし》げる。理有ちゃんから言い出すまで私からは聞かないって決めたの。ふうんと頷く晴臣の髪は真っ赤だ。昨日突然思い立って、コンビニで買ったカラー剤で染めたのだという。脱色自体は美容室でやっていたおかげで、宅染めにしては上手に染まっている。久しぶりに来たマックは、お昼時のせいか異常に人が多い。カウンターにも長蛇の列ができている。私が中学に上がってから理有ちゃんがマレーシアに留学するまで、理有ちゃんは毎日お弁当を作ってくれていた。私が家に帰ったり帰らなかったりだから文句は言えないけど、マレーシアから戻ってきた理有ちゃんはもうお弁当を作ってくれなくなってしまった。

「あっ」

「えっ、なになに？」

「私行ってみよっかな、その美容室」

「そのオラオラ系美容師んとこ？」

「うん。調査すんの」

「でも、妹ですって言うの？　したらお姉ちゃんにバレんじゃね？」

「じゃ言わない」

「でも言わなきゃお姉ちゃんとの関係は探れなくない？」

「いいよ。普通にどんな人なのか知りたいだけだから。いい奴か悪い奴かくらいちょっと話せば分かるっしょ」

「杏は行ったことないの？」

「ない。理有ちゃんから話聞いてただけ」

「え、じゃ俺も行ってみよっかな。同じ時間帯に予約してさ、杏はその人に切ってもらって、俺は別の人に切ってもらうの。楽しそうじゃね？」

私はカチューシャで押し上げられ、ライオンのタテガミのようになっている晴臣の髪に手を伸ばす。

「オミはトリートメントしてもらいな」

だよな。と毛先に手をやって笑う晴臣の頬に手のひらを当てる。晴臣の髪は度重なるカラーチェンジのせいで本物のタテガミと同じくらいにちりちりだった。

あれー何だっけ全然思い出せない、なんかEが入ってた気がするんだけどなー、と言いながら晴臣と手分けして表参道の美容室を検索して、ようやく見つけ出したのはイプシロンという美容室だった。美容師紹介のページでようやく名前を思い出す。そうそう広岡さん。と言いながらすぐに電話を掛けたけれど、今日の予約は取れませんと言われ、明後日の二時に予約を入れた。それから十分後に晴臣が電話をして、明後日二時に、美容師の指定なしでトリートメントとヘッドスパの予約を入れた。

「ねえオミ」

「うん？」

「私、理有ちゃんに幸せになってもらいたいの。理有ちゃんに、とろけるような幸せを味わいつくしてもらいたい」

「とろけるような幸せって、例えば？」

「何でもいいの。不倫でもいいし、普通の恋愛でもいい。恋愛じゃなくてもいい。仕事でも、アイドルとか、趣味とかでもいい。このために死んでもいいって、何かに思えるようになってもらいたい。多分理有ちゃん、一度もないの。ママ以外のものに夢中になったこと。だからママが死んでからずっと空っぽなんだよ。私のことは大事に思ってるだろうけど、それは理有ちゃんの元彼とかと同レベルの大事で、別に死んでもいいって思えるようなもんじゃない」

「姉ちゃん、ママのために死んでもいいって思ってたの？」

「それは分かんないけど、とにかく理有ちゃんはママのマニアだったの。多分好きっていうのとは違って、何ていうか、執着心みたいなもので。だからママが死ぬ前の数年は、なんか家の中の雰囲気がすごく変だった。ママはアル中みたいな感じで、多分なんか精神的な病気だったし、そんなママを理解したい支えたいって必死になってた理有ちゃんと、そんな二人が大好きな私と、ってなんか言葉にするとほんと変だね。私はパパがいなくなって、女の城になったみたいな快感もあったけど、パパがいればあんなぎりぎりした雰囲気にならなかったのかもって、今はちょっと思う」

「ねえ杏。俺と一緒に暮らさない？」

「何急に」

「俺は嫌なんだよ。杏がそういう所で生きてるの。杏にはぎりぎりしてない、普通の場所で生きて欲しい」

「今は大丈夫だよ。理有ちゃんとは仲良くやってる。理有ちゃんのこと大好きだし」

晴臣は不安そうな顔をしたまま、冷めたポテトをいくつか口に入れた。

「杏が少し変わったのが分かるんだ。姉ちゃんが帰ってきてから、何かちょっとだけど、ちょっと追い詰められてる感じがする」

「そんなことないよ。何も変わってない。理有ちゃんと暮らすマンションがあって、晴臣のマンションがあって、時々友達んちとかクラブで朝まで遊んだりもする。そうやってふらふらしてるのが今は一番いい」

そっかとふてくされたように言う晴臣をこづいて、ポテトを投げ合ったりして、私たちはじゃれ合う。晴臣と付き合ってて良かった。この間警察署に補導された時からは信じられないけど、私は理有ちゃんの帰国以降この思いを強めていた。多分晴臣の言うことは少し当たっている。自分でも気づかなかったけど、理有ちゃんが居ない間、私はどこかで解放されていたんだろう。理有ちゃんが帰って以来、世界が少し暗くなったように見えるのだ。

買い物終わったらちょっと新宿行く？　晴臣の言葉に頷く。新宿行く？　っていうのは晴臣がダンスの練習に行きたい時に言う言葉だ。西口のビルの電気が消えた後、鏡のように姿の映るガラスの前で踊るのだ。

「皆誘おうよ。久しぶりに大人数で集まろう」

「私ジャンプ無理だもん」

「杏はシャッフルで」

「外でやるの久しぶりだな」

ダンス仲間のグループチャットに「新宿来る人！」とオミが入れると、ぽつぽつと返信が入り始めた。この、何もなかった所にわらわらとエネルギーが集まってくる感じが好きだ。誘いの言葉を投下すると、踊りたい人が集まってきて、皆でひたすら踊る。唐突に記憶が蘇る。幼い頃、家の近くの公園で、理有ちゃんが舐《な》めていた飴を落としてしまった時のことだ。次から次へと蟻《あり》が集まってくるのを見て、理有ちゃんは嬉しそうに「祭りじゃ祭りじゃ」と蟻たちの言葉を代弁してみせた。私は蟻で、理有ちゃんはいつまでもそれを上から見ている人なのかもしれない。理有ちゃんは永遠に、祭りに参加しないんだろうか。

　こんにちはー。コロンコロンとドアの鐘が鳴って、いらっしゃいませという声が店内でいくつかあがった。初めてですよね？　と聞かれ、カスタマーカードを渡されると、そこに大塚《おおつか》まりという偽名と晴臣の住所を書いた。数分後に到着する予定の晴臣には、実家の住所を書いてくれと言ってある。準備は万全だった。

「担当させてもらいます広岡です」

「どうもー」

　鏡の前の椅子に座ると、私は振り返って広岡さんを見上げる。

「今日はどんな感じに？」

何も考えていなかった私は、ちょっと見てもいい？　と目の前のヘアカタログを指差す。いいよという言葉と同時にカタログを手に取った瞬間、コロンコロンと音がして、鏡越しに晴臣が来たのが見えた。私の髪にコームを入れながら、珍しい髪質だねと広岡さんが独り言のように呟いた。

「これ天パー？」

「うん。何もしてないよ。あ、こんな感じで」

「これ？　じゃあ、毛先のラインは真《ま》っ直《す》ぐめで、肩下二十五センチくらい？」

「うん。同じ感じで。それで前髪はなくていいんだけど、ちょっとだけ流せる感じにしたいかな」

「了解」

カタログを閉じ、シャワー台に向かう晴臣と一瞬視線を合わせる。

「髪、ドライのままカットして、シャンプーの後に仕上げするね」

はーい、と答え、ふさっと掛けられたケープに腕を通す。鏡越しにじっと広岡さんを観察する。厚めの唇に三白眼。髪は若干ウェーブがあって秘書っぽく清潔にまとめられている。まくりあげられた薄いブルーのワイシャツも嫌味のない色合いだ。

「大塚さん、うち初めてだよね？」

「うん」

「この店は、何で知ったの？」

「ネット」

「ふうん」

ブロッキングをする広岡さんを見ながら、この手が理有ちゃんに触れてるなんて何となく考えられないような気がして疑問が膨らんでいく。

「広岡さんって、結婚してる？」

「してるよ。大塚さんは？」

「してない。私十六だよ？」

「あ、そっかそんな若いのか」

「子供いる？」

「いるよ。息子。多分君の一個下」

「息子と仲いい？」

「まあ普通かな。何か尋問みたいだな」

「広岡さんてどんな人なのかなって」

「どうして？」

「何か素敵な人だから」

「君、何か俺のこと知ってるの？」

苦笑混じりに言う広岡さんは、嫌そうでも嬉しそうでもなかったけど、それ以上押したら壁を作られそうだったから、なんにも、と笑って答えた。これめっちゃ気持ちいいっす、超気持ちいいっす、とヘッドスパに感動する晴臣の声が聞こえる。思わず笑ってしまいそうになるけど、雑誌に視線を走らせて我慢する。

「えっとー」

「うん？」

「実は……」

「うん」

「私の彼氏、今美容師目指してて。例えばだけど、美容師さんってお客さんと恋愛関係になったりすることってあるの？」

広岡さんはうーん、と天井を見上げるようにして唸《うな》ると、ないことはないけど、よくあることでもないよ、と答えてるんだか答えてないんだか分からない答えを返した。

「君は高校生？」

「うん」

「モデルとか誘われない？」

「たまに誘われるけど、やったことない」

「そういうの嫌い？」

「別に嫌いじゃないけど、興味がなくて」

「へえ。顔、すごくモデル向きだと思うけど」

「向いてるものがやりたいことって人はいいよね」

「何か、夢がある？」

夢。久しぶりにその言葉を聞いた。夢、という言葉にはインパクトがある。私は何となく今自分がやっている詮索とか、晴臣とか学校のこととかが吹っ飛んで、純粋に心の中に夢という文字がしんと佇《たたず》んでいることに気づく。私の夢……。私の夢は。頭の中で呟く。私の夢は、理有ちゃんとママと三人で仲良く暮らすことだ。

その夢が叶《かな》うことは、生涯あり得ない。そんなこと分かっている。ずっと分かっていた。ママが死んで二年。何故今唐突に、そのことがこんなにも信じがたい真実のように感じられるのだろう。

ママはいない。理有ちゃんとママと私の三人で暮らすことはもうできない。そんな当然のことが、私は二年間分からなかったのだろうか。ふっとガラス張りの入り口に目をやり、次に天井を見上げる。曇ってきた。そう思ったのに外は晴天で店内の照明も点いたままだ。それなのにぐわぐわと、頭上が雲で覆われていく気がして私は辺りを見回す。

「どうした?」

分からない。という言葉は声にならなかった。突如激しく脈打ち始めた心臓に驚き、胸を押さえる。え? という疑問の声が声にならない。全身が心臓になったみたいに体中がばくばくと振動しているようだった。突然強烈に頭が痛くなり、どんどん息が吸えなくなっていく。呼吸がどんどん浅くなり、見えるものがゆっくりと回って見える。死ぬのか? 前のめりに倒れそうになったのを広岡さんが両腕で受け止め、首のタオルとケープを外した。胸が苦しくて、私は掻き毟《むし》るようにシャツの首元を引っ張る。大丈夫ですか? どうしたんですか? と女の人の声がする。激しい恐怖に叫んでしまいそうなのに、叫ぶだけの空気が吸えない。救急車呼びますか? とまた声がする。ちょっと待って、と答える広岡さんの声。杏? どうしたの? 杏? という晴臣の声。一度控え室に連れて行きます、という声がして私は広岡さんに抱きかかえられ控え室に連れて行かれた。落ち着いて。大丈夫。ゆっくり息してごらん。私をソファに寝かせると広岡さんはそう言って肩をさすった。手も足もぎゅっと握ったまま、力を抜くことができない。「苦しい」激しい呼吸の合間に、広岡さんの向こうに見えた晴臣に言う。

「大丈夫だよ。すぐに収まる」

大丈夫なわけがない。息が吸えない。喉にゴムボールが詰まって僅かな隙間から息を吸っているようだった。じわじわと手足が痺《しび》れ始めている。高い所から下を見下ろした時のように体中が怯えている。怖かった。世界が一変したようだった。ホラー映画の中に放り込まれたようだった。

「杏？　大丈夫？　どうしたの？」

「君、この子の知り合い？」

「はい。同じ学校で」

「彼女、何か持病ある？」

「ないです。聞いたことない」

「そう。多分パニック発作じゃないかな。さすがに、心臓の発作じゃないと思う。きっとすぐ落ち着くよ」

晴臣が手を握って、私を覗き込む。大丈夫、大丈夫、大丈夫、と囁くように繰り返す晴臣の手が震えていた。大丈夫じゃない！と叫びたいのに、息が苦しくて言葉を口にできない。救急車、呼んで。やっとのことでそこまで言い、晴臣の手を握る。迷った表情を浮かべたまま、誰かに操られたマリオネットのように晴臣が尻ポケットからスマホを取り出した時、広岡さんが晴臣を手で制して私を覗き込んだ。

「目を閉じて、二分でいいから、ゆっくり呼吸して」

目を閉じると森に放り込まれたように、今にも左右の暗闇から獰猛《どうもう》な生き物が飛び出してきて襲われるような気がしたけれど、息吸って、吐いて、という言葉通りゆっくり呼吸をする。どれだけ繰り返していただろう。あれ、少し、落ち着いてきた、そう言うと、それだけ言えたことにほっとする。段々胸の苦しさが和らぎ始めていた。

「俺の知り合いにも居るんだ。パニック障害の奴。聞いてた症状とそっくりだし、多分そうじゃないかな。初めての時、皆心臓発作だと思うんだって」

広岡さんがウォーターサーバーから注いだ水を持ってきて言った。起き上がろうとすると万力で頭を締め付けられるような頭痛と吐き気が襲ってきて、私は諦めてまた頭を下ろす。

「ゆっくりでいいよ。君は、一旦その頭どうにかしてもらってきな」

髪から水滴を滴らせ、ケープをつけたままの晴臣を改めて見て、僅かに笑みが零れる。

「大丈夫？」

「うん。いいよ。行ってきて」

すぐ、すぐ戻るから、と言い残して晴臣は慌てて店内に戻った。

「ごめん」

「え？」

「俺、なんか変な話したかな。パニックって、電車乗ったりとか、狭い所とか、そういうきっかけがあるっていうじゃん。ケープが苦しかった？」

違う。夢の話だ。そう思いながら首を振る。気にしないで。そう呟いて、私はゆっくりと上半身を起こしてコップを手に取った。信じられなかった。さっきまで信じられないほど心臓が激しく脈打ち、このままじゃ絶対に死ぬと確信するほど苦しかったのに、動悸《どうき》はほとんど治まり、残っているのは頭痛と体の火照りだけだった。

「苦しかった時、怖かった？」

「怖かった。死んじゃうんじゃないかって」

「そうじゃなくて、体のこと以外で何か怖くなかった？」

「怖かった。最初曇ってきたって思ったの。黒い雲がぐわって真上に来たみたいな、クジラに飲み込まれたみたいな感じだった」

「パニックは強烈な恐怖が伴うっていうから、多分そうじゃないかな。一回病院に行った方がいいと思う」

「私病院嫌い」

「お前、それ今よく言えんな」

胃に圧迫感があって、私は背筋を伸ばす。あ、ちょっとそのままで、こっち側向いて。言われた通りソファに反対向きで座る形になると、広岡さんはハサミを取り出して私の髪を切り始めた。

「応急的に長さだけ揃《そろ》えとくよ。さっきの赤毛の子に送ってもらいな。また体調戻ったらおいで。支払いもその時でいいから」

もう大丈夫なのにと思いながら、そんなことを言える立場でもないなと思い直し、はーいと答える。

「ふらっと寄れる時に来ていいから。俺火金は店いないから、それ以外でな」

「ありがと。広岡さんていい人だね」

「お前、年上とか先輩とかに敬語使えない奴?」

「初対面でお前って言うのも同レベルじゃない?」

「俺も敬語使えない奴で、ずっと叩かれてきたんだよ」

唐突に、晴臣が私を杏と呼んでいたことを思い出す。この人は、私が偽名を使っていたことを知りながら、そして晴臣と示し合わせてここに来たことに勘付いても、何も言わないような人なのだ。だとしたら、私が詮索するべきことなんて、何もないのかもしれない。人の裏にあるものを覗き見ようとしない人、人の隠したいものを暴き立てようとしない人、そういう人なら、結婚していようが、年の差があろうが、いいような気がした。

タクシーに乗り込んだ私と晴臣は、ずっと手を繋いでいた。晴臣は怯えているように見えた。私も、自分が経験したことに怯えていた。広岡さんと居た時はすっかり恐怖が消えたように感じたのに、晴臣と二人になってその恐怖がぶり返したのが不思議だった。

「杏が死んじゃうんじゃないかって思った」

「病院行った方がいいって、あの人に言われた」

「行った方がいいよ。杏のママ、心筋梗塞だったんだろ? 遺伝で、心臓が弱いのかもしれない。俺の通ってる心臓外科、有名なとこみたいだし、一回検査だけでもしてみようよ」

空っぽの頭で、何も答えられないまま、黙って窓の外を見つめる。二時間前まで見ていた風景と、今見ている風景が全く違うような気がした。透き通った黒いフィルターがかかったように、いつもの世界が、地獄のように見える。いつもの世界が、重々しく、何の希望もない、荒地に見える。別世界に来た新参者の気持ちで、私は座席に頭を預けたまま渋谷の街を見つめていた。

三日間、晴臣の家に泊まった。三日とも午後から授業には出たけど、すぐに行こうと思っていたイプシロンにも行けなかったし、心配する晴臣のせいで学校以外外に出られなかった。でも、いつもは全く料理をしない晴臣がチャーハンやパスタを作ってくれた。明日は私が作るねと言って、何が食べたい？と二人でレシピを検索したり、一緒に食器洗いをしたりする時間は、私たち二人のこれまでの荒れていた生活とは切り離された全く別の所にあるような錯覚を起こさせた。一緒にお風呂に入って、お風呂から上がってお互いに髪の毛をブローし合って、スウェット姿で一緒にベッドに入ってタブレットで動画を見たり、一緒に宿題をしたり、じゃれ合ったり、私たちは本当に、かけがえのない時間を送っていると感じた。

晴臣に欠けていると私が感じていたもの。思いやりのようなものを、晴臣から初めて感じた。これまで付き合ってきた人たちに対するのとは全く違う、強烈な愛おしさを、晴臣に抱いた。晴臣の細い指。触れられる者を全く安心させない、ごつごつしたフォルムの華奢《きゃしゃ》な手。白く柔らかい皮膚。いつも少し荒れていて、何かに夢中になるとへの字になる薄い唇。女の子のように細い胴体。ダンスのせいか他の場所に比べて筋肉のついた足。細く長い足の指。神経症っぽい顔つきなのに、笑顔になると一瞬で愛嬌《あいきょう》が滲み出る小さい顔。トリートメントで少しだけ手触りが良くなった髪の毛。鮮やかだった赤色は少し抜けて毛先がくすんできた。私が昔使っていた銀のコームカチューシャを気に入っていて、最近は家でも外でもしょっちゅうつけている。爪はいつも深爪で、両親指の爪の真ん中にぼこっとしたくぼみが走っている。眠い時は掛け布団カバーを親指と中指と薬指の三本でつまみ、下唇に擦《こす》り付ける癖がある。俺赤ちゃんの頃からこうしてたんだって、と前に話していた。ベッドで映画やYouTubeを見ている時にこの癖が始まると、その数分後には大抵眠っている。今、晴臣の全てが、強烈に愛おしかった。

「今度さ、実家行かない？」

「オミの？」

「うん。母ちゃんにちゃんと紹介したいんだ」

「もう何回も会ってるじゃん」

「俺も来年十八になるし、結婚を前提にってことで、一回ちゃんと話したいなって思って」

嬉しさと同時に、また先走ったこと言ってるなとも思う。

「二十歳くらいまでは無理なんじゃない？」

「杏には姉ちゃんしかいないだろ？　近くで見てられる人いないだろ？　こないだみたいなことがあったらどうするんだよ。俺だったら杏のそばで、ちゃんと見守ってられる」

「オミだって別に四六時中私と一緒にいられる訳じゃないし、一緒にいたいだけなら別に同棲で充分じゃない？」

「え？　杏は俺と結婚したくないの？」

「だって浮気するじゃん」

「もうしないって。もししたらチンコ切っていい」

「嘘だよ。そうじゃない。理有ちゃんのこと、まだ一人にしたくないし」

「姉ちゃんには、ここにいること言ってんだよな？」

「うん。メールで毎日連絡してる。でも、発作のことは言ってない」

「話しといてよ。何かあった時、知ってるのと知ってないのとじゃ全然違うよ。それに、病院もちゃんと行こう。俺も一緒に行くから」

「あの一回だけかもしれないし、いいよ。ちょっと様子見て、また発作がくるようなら行くよ」

「俺は早めに行った方がいいと思う。またくるんじゃないかって不安もあるでしょ？　その不安が次のパニックに繋がることもあるってネットに書いてあった。パニックじゃなくてやっぱり心臓に問題があるって可能性だってあるんだし」

思わず晴臣を凝視して、笑ってしまう。何だよと眉を上げて笑う晴臣に、晴臣が過保護になってるのなんか変、と言って頰に手を当てる。私の手の上に手を重ね、晴臣は視線を落とす。

「結婚してーなー」

「晴臣が結婚したら、書かれるかもよ。長岡真理の息子、未成年婚。とか。ただでさえ素行不良とか言われてるんだしさ」

ちょっと前に晴臣のママが熱愛発覚の記事を書かれた時に、再婚の壁は素行不良の息子か、と締めくくられ、素行不良の内容についてもクラブ遊び、飲酒、夜遊びなどの事実に近い証言が書かれていた。一年前、晴臣が一人暮らしを始めたのも、本人の望みだけじゃなく、友達を連れ込んで自宅で騒がれたり、自宅近くでの迷惑行為を撮られたりということを避けるためでもあったようだ。

「それはいいんだよ。母ちゃんもそれは気にしないよ。俺の人生は俺のものだし、それは母ちゃんもずっと言ってたことだから」

「そうなんだ」

「うん。私がああだからこうだからとか、そういうことは考えるなって、ちっちゃい頃からずっと言われてたんだ。ま、ばあちゃんとシッターに育児丸投げしてたし、自分がなんか意見するのも筋違いって分かってんだろ」

私の膝に頭を乗せた晴臣は、下から私を見上げて手を伸ばす。ちょっと先でもいいけど、結婚してね。そう言って私の頰を包み込むように触れた華奢な手は、冷たく冷えている。いいよと言うと、晴臣の手に引き寄せられ、私たちはキスをした。晴臣は蛇みたいだ。低体温で、舌が細くて、気がつくと体中に巻きついて、もう離れない。彼にがんじがらめにされたまま、私は少しずつ死んでいくのかもしれない。

あ、来た。と呟いた私の隣で、晴臣がえっどれどれ？ と身を乗り出す。

「あ……」

「ん？」

「広岡さんじゃないね」

私の言葉にほんとだ、と呟き、大学の人かなと晴臣は続けた。ガラス戸を押し開けて二人が入ってくると、私は理有ちゃんに手を挙げる。理有ちゃんから話してくれるまで何も言わないでおこうと思っていたけど、やっぱり気になって仕方なくて、理有ちゃんに彼氏ができたなら会いたい絶対会いたいオミも呼ぶから四人でご飯しようと騒いでぐだぐだと渋る理有ちゃんをねじ伏せ、ようやく今日実現したのだ。理有ちゃんの態度から何となく分かってはいたけど、やっぱり相手は広岡さんではなかった。

「初めまして。理有さんと仲良くさせてもらってます奥原《おくはら》光也といいます」

黙ったまま、少し頭を下げて会釈する。私に自己紹介する気がないと分かったのか、理有ちゃんが「妹の杏と、その彼氏の」と言いかけた時に「晴臣でっす」と晴臣が満面の笑みで続けた。よろしくっす、と手を出して光也と握手をすると、嬉しそうに「何食べましょっか？」と二人にメニューを差し出した。

「ここ、アラビアータがうまいんすよ。あと何だっけ杏、この間杏が食べてたやつ。

めちゃくちゃ美味しかったエビのやつ」

「タリアテッレかな」

「そうそうそれ、そのエビのタリア何とか。めちゃくちゃうまかった。あとアヒージョもいっとく？　やっぱアヒージョってテンション上がりますよね」

「分かる分かる。アヒージョは特別感あるよね。チーズフォンデュ的な」

「ですよね！　あー良かった光也さんとは気が合いそうだなー。あ、そうだ今度皆でチョコフォンデュの店行きません？　あそこもめっちゃテンション上がったよね、ね？　杏？」

「うーん。全部チョコ味で何だかなーって感じだったなー」

「チョコフォンデュってそういうものだよ。チーズフォンデュもね。でもアヒージョのいいところはさ、色んなものの中でちょいっと食べられるところだよね。アヒージョはやっぱ日本の土壌によく合うんだよ。日本人はさ、やっぱりちょこっとずつ色々食べたいからね。ほら、タパス的な？」

マシンガンのように喋る晴臣は心底嬉しそうで楽しそうで、私は眩しいような気持ちで「日本人じゃなくて、女の人は、じゃないの？」と聞く。

「え？　俺もちょこっとずつ色々食べたいよ。光也さんはどっすか？」

「僕も色々食べたい方かな」

「やっぱそっすよね！　いや嬉しいなー俺たち絶対気い合いますね。あ、じゃあマックのポテトだったら、カリカリなのとふにゃふにゃなのどっちが好きですか？」

「カリカリ！」

「あー残念。俺はふにゃふにゃ派です」

「理有ちゃん、彼は何してる人なの？」

「光也さんカフェで働いてるの。軽食も食べられるお店で」

「カフェかー。何か大人っぽいなー。今度コーヒー飲みに行ってもいっすか？　俺実は熱いコーヒー苦手で、アイスコーヒーしか飲めないんすけど」

「もちろん。アイスコーヒーもあるし、ソフトドリンクもあるよ」

「あっじゃ後でふるふるしましょうよ」

　ほとんど晴臣、少しだけ光也の希望が交じえられ、注文を終えると私たちは乾杯した。私と晴臣はビール、理有ちゃんがウーロン茶で光也がコーラだった。四人の素敵な出会いと二組のカップルの永遠の愛に、と迷いなく掛け声をかけた晴臣が、色々な意味で心強い。これまで何度か家などで会った時にはひどく素っ気ない態度を取っていた理有ちゃんも、今日は晴臣に対して随分物腰が柔らかいように感じた。

「理有ちゃん、彼とはどこで知り合ったの？」

「光也さんのお店に偶然入って。話が弾んで」

「帰国後？」

「そうだけど」

「へえ。そんなに急に仲良くなったんだ」

「別に、急にって訳でも。ねえ」

顔を見合わせて微笑む理有ちゃんと光也は、ドラマの中の付き合い始めのカップルのように爽やかだった。でも私は、理有ちゃんがそういう役を演じていることに違和感を抱く。

「ところで晴臣くん」

「はい」

「杏、最近ずっとそっちに泊まってるよね？」

「あ、この一週間くらい泊まってますね」

「二人とも学校は行ってるの？　杏の言うことは信用できないから」

「大体毎日行ってますよ。まあ、午後からとかが多いっすけど」

理有ちゃんがお姉ちゃんらしいことを話している間じゅう、私は光也を観察していた。かっこ良くも悪くもない。痩せても太ってもいない、背が高くも低くもない、頭も勘もセンスも特に良さそうでも悪そうでもない、特に人生に絶望してもいなければ、大して大きな希望も持っていなさそうな、ただひたすら普通そうな人だった。理有ちゃんはこの強烈に普通な人と幸せになるんだろうか。どうしようもない駄目人間だったママを支え続けた理有ちゃんが、この普通そうな人と幸せになれるんだろうか。この人のために死んでもいいと、思うだろうか。それとも、理有ちゃんの幸せは、この人のために死んでもいいなんて思うことのない世界に生きることなのだろうか。

「杏ちゃんと晴臣くんは、二人ともすごく肌が白いね」

「そうなんすよ。顔全然似てないのに、二人とも白いから兄妹《きょうだい》とか双子に間違われることもあるんす。こないだなんか、二人で放課後化学室に残ってたら幽霊かと思った、って先生が超ビビってて。な杏？」

「ママが色白だったから、遺伝なの。オミもママ譲りだよね」

「そう言われてみれば、お母さんに似てるね、杏ちゃん」

「ママのこと、知ってるの？」

「あ、うん。実は僕、お母さんの本結構読んでて。だから知った時はびっくりしたよ」

「ふうん。理有ちゃんはパパ似で、私はママ似なの。オミは、もうほんとお母さんの生き写しだよね」

「止めてよ俺までそれ憂鬱なんだからさあ」

「お母さん、綺麗な人なんだろうね」

「オミのお母さん、長岡真理なの」

「えっ、あの女優の？　うわ、ほんとだめちゃくちゃ似てる」

きゃっきゃと盛り上がっている輪に、理有ちゃんだけが参加していなかった。きっとママの話をしたくないのだろう。理有ちゃんはいつもそうだ。ママの話になると途端に不機嫌になって、口を噤みがちになる。私と二人でいる時もそうだ。私がママの話をすると、ママはそんな人じゃない、とか、ママはそんなことは言わない、とか、細かいことに突っかかる。理有ちゃんはきっと、自分が世界で一番ママのことをよく分かっていると思っていて、だから人に知ったような口をきかれるのが嫌なのだろう。理有ちゃんに言わせれば、私とママだって似ていないということになるのかもしれない。理有ちゃんは、誰にもママのことに触れて欲しくないのだ。きっと思い入れが強すぎて、そういうことになってしまったのだろう。

「光也さんのお父さんとお母さんはどんな人っすか？」

どうせ何の面白みもない両親だろう。そう思いながら、理有ちゃんのことを見つめた。私の視線に気づいた理有ちゃんは、何？と言いたげな表情で私を見つめ返す。こっちこそ何？って感じだ。この男なら、既婚子持ちってことを差し引いても広岡さんの方がまだ良かった。少なくとも広岡さんは、こんなコタツに足突っ込んで育ったようなぼんやりした顔はしていなかった。すげー！杏聞いた？光也さんのお父さんガンプラ大会で準優勝したことあんだってよ！高機動型ザクⅡだって！と嬉しそうな晴臣に「ごめん私ガンダム全然分かんない」と答える。

お待たせしました。という声と共にサラダ、生ハム、アヒージョが並べられると、私たちは次々に手を伸ばした。ほらめちゃくちゃ美味しいよこのエビ食べてごらん。晴臣がエビとマッシュルームを突き刺したフォークを差し出し、私は一口で頬張る。

「杏ちゃんと晴臣くん、ダンスやってるんだって？」

「そっす。俺ダンスめっちゃ好きで、特にジャンプスタイルって、ヨーロッパのギークたちに人気のダンスが好きでやってるんす。ま、ダンスならなんでも好きっすけど。最近杏が練習してるのはシャッフルっていう、つるつるーって感じのダンスで」

「僕にはちょっと、どんな感じのダンスなのか全然分からないんだけど、どんな感じの音楽に合わせて踊るの？」

「ジャンプはガバとかトランスとか、まあ速い四つ打ちって感じっす。シャッフルもやっぱトランスとか、ハードハウスも多いっすかね」

あれじゃない動画の方が分かんじゃない？　私が言うと、そっかそうだよね、と晴臣はスマホでジャンプスタイルを検索する。晴臣がジャンプスタイルを始めたのは、全寮制のイギリスの中学で友達がやっていたのがきっかけだったという。そのまま高校卒業まで通うはずだった晴臣は、学校の健康診断で持病だった大動脈弁狭窄《きょうさく》という心臓病が引っかかって、中学三年で帰国することになった。幼い頃にカテーテル治療を受けていた晴臣は、帰国後投薬治療をしながら通院していたけれど、ある日突然狭心症の発作を起こして二ヶ月入院して、退院と共に留年が決定した。持病があるということも、心臓病の悪化がきっかけでイギリスから帰国したことも知らなかった私は、突然入院の知らせを受けて面食らった。訳が分からないまま病院に駆けつけて、晴臣が死ぬかもと泣いて取り乱している晴臣のお母さんを見て取り乱し損ねて、ずっと、じっと晴臣の回復を祈っていた。私は昨日までものすごく真剣にセックスをしていた男が死ぬなんてことがあり得るのかと、現実味のなさに拍子抜けしていた。病気があるんだからと、晴臣のママも中野さんもダンスを止めた。私も、晴臣が退院してから半年くらいは、晴臣が激しく動いているだけで、汗をかいているだけで、息切れしているだけで不安で胸が押しつぶされそうになった。でもどんどん新しい技を夢中になって練習して、一つ一つできるようになる度子供のように喜ぶ晴臣を見ている内、死と隣り合わせであるからこそ彼はあんなにも楽しいのかもしれないと思ったから、私はクラブやビル街で踊る晴臣を止めることはない。

「すげー！　晴臣くんこんなんできんの？」

「ねえオミ、シャッフル対ジャンプの動画にしてよ」

「あ、あれ？　そうそうすごい動画なんすよ。これだとシャッフルとジャンプの特徴が分かるんで」

どんどん仲良くなっていく輪の中に、理有ちゃんだけが参加していなかった。光也が私たちと気が合った、という訳ではない。ただ単に、理有ちゃんに、私と晴臣と、光也と共に仲良くなる気がないというだけのことだろう。すごいね理有ちゃん？　と同意を求められた理有ちゃんが、うん、と無理に笑顔を作って答える。

「元気になったのね？　晴臣くん」

「あ、もうすっかり元気っす。あ、実は俺心臓に疾患があって、一年前くらいにぶっ倒れちゃって」

ほんとに？　と光也が表情を曇らせると、もう大丈夫なの？　と理有ちゃんが重ねて聞いた。

「はい。去年二度目のカテーテル治療して、そうそう再発はないって言われてるし。運動制限も、競争系のスポーツ以外は特にしなくて大丈夫だって」

「競争系のスポーツと同じくらいきついと思うけど。このダンス」

「大丈夫っす。ほんと今俺、かつてないくらい元気なんすよ」

そう、と微笑む理有ちゃんの目は笑っていない。その表情はどこか、ママを思わせた。

食事が終わった頃、私はトイレに立った理有ちゃんを追いかけるように席を立った。トイレのドアをあけると、洗面台が二つ並んであり、その奥に個室が二つあった。下まぶたに滲むアイライナーを小指で拭い、バッグから取り出したライナーできわを描き直し、ルースパウダーをパフで軽くはたく。

「あれ」

トイレの流れる音と共に出てきた理有ちゃんはそう呟いて、私の隣の洗面台に立った。手を洗いながら鏡を確認する理有ちゃんに、ちょっとテカってるよ脂取り紙持ってる？　若干クマも出てるね、コンシーラー使う？　と聞く。

「何なの？　いいよ」

「ねえ」

「え？」

「その髪、美容室でやってもらったの？」

「そうだけど」

へえ、と呟く私に、何なの今日は、と理有ちゃんが迷惑そうな顔で言う。

「なんか牽制《けんせい》されてるっていうか、嫌な感じがするんだけど。光也さんに対しても私に対しても、測られてる感じがするっていうか」

「そんなことするわけないじゃん。理有ちゃんのことも、理有ちゃんが好きな彼に対しても、すごく好意的だよ私は。でもどうなの理有ちゃんは。あの人のこと好きなの？」

「好きとか嫌いとか、子供じゃないんだから。私は恋愛感情をそういう言葉で表現しないの」

「それ、パパみたい」

理有ちゃんはその言葉には応えず、黙って手を洗った。ねえパパはこれ好き？嫌い？　子供らしい、自分の好きなものや嫌いなものを挙げての質問に、パパは一度も好きとも嫌いとも答えなかった。好きっていう言葉が示しているのは、そのものの本質を知らないっていうことなんだよ。例えば俺は政治学を研究しているけど、政治学が好きではない。政治学が好きなんです、と言う奴がいたら、そいつは政治学について何も知らないと表明しているようなものだ。つまり杏は自分が好きだと思っているその人形のことを何も知らないから、好きだと言えるんだ。

幼心に、パパの言っていることは何となく分かったけど、じゃあ好きって何なんだよとも思った。可愛い人形や面白そうなおもちゃを見た時、ズドンと心に落ちてくる、愛おしい、手に入れたい、ずっと自分のそばに置いておきたい、と思うこの強烈な気持ちに、他にどんな名前をつけたらいいんだ。今改めて思う。私の晴臣に対するこの感情は、好き以外にどんな言葉で表現できるんだろう。そしてそこに、好き以外の言葉を当てはめなければならない理由なんてあるんだろうか。

「じゃあ言い方を変えるね。どうしてあの人と付き合おうって思ったの？」

「止めてくれない？　私は杏みたいに恋愛に関してオープンな性格じゃないの」

「どうしたの？　何か変だよ。私は理有ちゃんと世間話もできないの？　どうして今日はそんなにずっと苛々してるの？」

「人を値踏みするような態度取っておいて何？」

「値踏み？　どうしてそんな発想が出てくるの？　理有ちゃんにとって良い人なのかどうか見極めたいって気持ちはあったけど、値踏みなんて言われるようなことしてないよ。理有ちゃんの方が感じ悪いよ。皆が盛り上がってる時に冷めた態度ばっかりとって」

「私にとって良い人かどうかは私が判断する。杏は私の人生に関係ないでしょ？　姉妹でべたべたするの気持ち悪いから止めて」

な、と声が漏れたところで無理やり口を閉じた。理有ちゃんの中でどんな転機があったのか分からない。私は突然の拒絶に、光也が何か理有ちゃんをマインドコントロールしているんじゃないかという気にすらなった。いつも優しくて、いつでも受け止めてくれた理有ちゃんが、何かに取り憑かれてしまったように感じた。

生まれてこの方、私に対する関わり方がぶれなかった理有ちゃんがどうして今突然こんな態度をとっているのかという理由を考える。このところずっと晴臣の所に寝泊まりしていたこと、光也と付き合い始めたこと、あるいは、偽名を使って広岡さんの調査をしに行ったことがばれたんだろうか。

同時に涙が溢れた。


「じゃ先行くから」

そう言って理有ちゃんはトイレを出て行った。私はなぜか強烈な恐怖の中に居た。足がすくんでしまいそうな恐怖の中、鏡を見つめながらリップティントのブラシを唇に走らせる。上下ともゆっくり二往復させて唇がうるうるになると、ブラシを押し込んで乱暴にぐるぐると締め直す。ポーチに戻そうと下を向いた瞬間、両目から同時に涙が溢れた。


理有ちゃんたちと別れた後、私はもう帰ろうと晴臣に呟き、どうしたの何かあったのとしつこい晴臣に何も語らないまま黙って歩いた。帰宅後ベッドの上でぼんやりしていると、杏ちゃん。と晴臣が不安そうな声を出して私に抱きついた。パサパサのピンクに近い赤毛に指を通そうとするとぐっと引っかかって、いて、と晴臣は呟いた。

「ねえ杏ちゃん。大丈夫だよ。俺はずっと杏と居るよ。ずっと二人で一緒に居よう。そうしたら何も怖くないし、何も心配することない。結婚したら、きっともっと何も怖くない」

うんともすんとも答えられないまま、私は肩を震わせて泣いた。ずっと理有ちゃんと二人で生きてきたと思っていた。ママがいつもぼんやりしてても、ママが変になっても、理有ちゃんが居たから私は一ミリの疑いもなく幸せだった。ずっと繋がっていると思ってた。秘密を共有しているのも理有ちゃんだけで、ママを失った悲しみも、ママを失った解放感も、解放感への罪悪感も、理有ちゃんも同じ気持ちでいるんだと思うことで受け入れられた。私の隣にはいつも理有ちゃんが居て、いつも理有ちゃんが大丈夫？　寒くない？　暑くない？　何かあった？　何が食べたい？　学校はどう？　ちゃんと勉強してる？　そうやっていつも私のことを確認してくれていた。だから私は何事にも疑問を持たないままここに存在し続けることができた。そんな理有ちゃんがあの彼氏のせいなのか、それともあれが理有ちゃんの本音なのか、私を拒絶した。二人の間に通底していたものを完全に遮断した。

でも晴臣が居る。ここには晴臣が居て、私をすっぽりと覆うようにして、全てを受け入れてくれる。白くて頼りない細い体で、全て受け止めてくれる。ここに居よう。私はこれから、晴臣の腕の中で生きていく。学校のうざい奴らも、自殺してしまったママも、理有ちゃんばっかり可愛がっていたパパへのしんとした感情も、晴臣の腕の中にいれば何も気にならない。妬みから生じる憂さ晴らしへの衝動に忠実な学校の女子たち、セクハラしてくる教師、電車や路上で絡んでくる酔っ払いや変態、生きているだけで憂鬱にさせられる、世の中に蔓延《まんえん》する抑圧的な空気。晴臣だけがそれらの敵を無意味なものだと私に教え、それらの攻撃から私を守ってくれる。晴臣が居れば、私は理有ちゃんと生きていた時と同等の、いやそれ以上の平穏の中で生きていられる。

ぱんぱんに膨れているナイロンのスクールバッグから、次々に洋服を取り出していく。服は息を吸い始めたようにふっくらと膨らみ、全部出してしまうとよくここに入ったなと感心するほどの体積になった。一気に洗濯機に詰め込み、自分の部屋に戻った。クローゼットから服を数枚と下着、制服の長袖のワイシャツやソックスを放り出していく。理有ちゃんは今、大学でマーケティングの講義を受けているはずだ。

しばらく帰るつもりもないため、大きめのショップバッグに服を詰め、化粧品もいくつかバッグに突っ込んだ。涼しくなったら着ようと思っていたワンピース、ふわふわの手触りのルームウェアと、同じシリーズのルームシューズも引っ張り出す。晴臣はこのルームウェアを気に入って、よく顔を擦り付けてきたのを思い出して表情が柔らかくなっていく。ふっと息を吐いてベッドに横になり、じっと部屋を見回す。ここに越してきたばかりの頃も、理有ちゃんの留学中一人で住んでいた時も、この家をこんなによそよそしく感じたことはなかった。私と理有ちゃんとの関係だけで、この家は成り立っていたのかもしれない。

キッチンで冷蔵庫を開けると、綺麗に整頓された食材やタッパーが見やすく、取りやすく、美しく並べられている。確かに私は、この家に理有ちゃんしか見ていない。チューハイを取り出してプルトップを上げる。プシッ、と音がして口をつけるけど、爽快感が足りない。きっと節電を心がける理有ちゃんが冷蔵庫の設定温度を上げたのだろう。早く帰ろう。晴臣の家の、キンキンに冷えたビールを思うと、胸が苦しくなってきた。ぐびぐび音を鳴らしてチューハイを飲み込むと、リビングを出た。廊下の途中で足を止め、私はドアノブに手を掛ける。キイと音を立てて開いたドアの向こうには、理有ちゃんの匂いが漂っている。理有ちゃんがもう何年も使っているお気に入りのシャンプーの匂いだ。真っ暗な部屋の中、理有ちゃんのパソコンの辺りでチカチカと光るものが目に入り、私は足を踏み入れる。それは外付けのカメラで、スタンバイ状態を知らせるランプのようだった。いつも理有ちゃんがパパと話す時に使っているカメラだろう。ふうとため息をついて、親指と人差し指で挟み、カメラの向きを僅かに上向ける。理有ちゃんは几帳面な性格だから、気づくかもしれない。不思議だった。前は理有ちゃんが私が何をしたか、私が何をしているかを把握していないと不安だった。でも今、理有ちゃんが私のささやかないたずらに気づかなかったとしても、私は何とも思わないだろう。

七時に渋谷で待ち合わせをして、晴臣とタコスを食べに行く約束をしていた。軽く食べて、クラブに行って、帰り際につけ麺食べよう、と、そこまで話し合っていた。どこのクラブに行くかもグループチャットで友達らと相談して決めてあった。慌ただしく荷造りをして出てきたため、時間にはまだかなり早かった。ショップバッグと、やっぱり行きと同じくらいの大きさに膨れ上がったスクールバッグを肩にかけ、私は一度荷物を置いていこうと決める。電車に揺られながら、私は理有ちゃんのことを考えまいと、ひたすらビールとタコスのことを考える。ビール、タコス、ビール、タコス。ぼんやりしていると、寄りかかっているドアからパッパッと音がして私はおでこを離す。窓には斜めにいくつか雨の雫《しずく》がナメクジの足跡のように伸びていた。

あれはいつだっただろう。私が五歳くらいだろうか。父方の従姉妹《いとこ》の家に、理有ちゃんと二人で数日泊まりに行ったことがあった。お泊まりがあまりに楽しかった私は、自宅に戻ってから数日後に急に悲しくなって、ナオちゃんに会いたいアカリおばちゃんのお家に行きたいと大泣きした。癇癪《かんしゃく》を起こして泣きわめいても二度寝中だったママはベッドに深く潜るばかりで相手にしてくれず、私はいつも通り理有ちゃんに泣きついた。抱きついて泣いていると、「きっと、雨が降ってるから涙が出るんだよ」と理有ちゃんは激しく雨の降る窓の外を見上げて言って、「杏、てるてる坊主作ろう」と提案した。一緒にてるてる坊主を作っている内に、私はすっかり泣き止んで、一番可愛くできたてるてる坊主を、ママの枕元に置きに行った。リビングに戻ると、「じゃじゃーん」と理有ちゃんがプリーツの部分をお花やハートのシールで彩ったてるてる坊主を私に差し出した。うわあと喜んでセロハンテープで窓に貼ろうとすると、理有ちゃんは私を止め、子供部屋に貼ろうと言った。「ママに見つかったら、多分剝《は》がされちゃうから」私はわくわくしたままそっか！と答え、子供部屋に駆けて行った。その日の夜、ママの枕元に置いたてるてる坊主がゴミ箱に捨てられているのを見つけて私はがっかりしたけど、次の日の朝、それは子供部屋の窓に、理有ちゃんの作ったてるてる坊主の隣に貼られていた。その二つのてるてる坊主を見ながら胸が温かくなるのを感じて、私は隣で眠る理有ちゃんに抱きついた。ずっとそうだった。理有ちゃんは私と私以外のものとの間のクッションになって、いつも私が何かと衝突しないようにしてくれていた。エアバッグみたいに、私が傷つかないように、守ってくれていた。「雨が降ってるから涙が出てくる」私は打ち込んだ一言を理有ちゃんに入れようか入れまいか迷ってから、全部消してスマホをバッグに突っ込んだ。最寄駅に降り立った時、もう雨は止んでいた。

ただいま。と呟いた瞬間、晴臣は放課後新宿のビル街にダンスの練習に行くと話していたのを思い出す。そっか、ともう一回呟いてどしっとバッグ二つを玄関に落とす。冷蔵庫からビールを取り出し、キンキンに冷えている缶のプルトップを押し開けると、飲み口から炭酸の弾《はじ》ける音がする。ごくごくと飲み込んだ瞬間、寝室から微かな、布団が擦れる音が聞こえた。オミ？　と声を掛けても返事はなく、私は急激にこみ上げた吐き気に顔を歪める。あの時もそうだった。私はママの部屋から物音を聞いて、リビングとママの部屋を繋ぐドアをノックした。

私はノックをせず、リビングと寝室を仕切る引き戸を勢い良く開ける。ベッドの向こうから晴臣の顔だけが見えた。

「……おかえり」

「誰？」

「え」

誰なの！　怒鳴りながら歩み寄り、床に落ちている掛け布団を引き剝がす。剝がされた瞬間ぶるっと震えた全裸の女に私も一瞬戦慄《わなな》き、持っていたビールを逆さにして女の頭にかける。違う違う、違うよ杏、ちょっと話を聞いて。パンツ一枚の晴臣が立ち上がって私の手を取った。「触らないで！」私の声は悲鳴に近く、裸の女はビールまみれで震え、はっとしたように服をかき集め始めた。手を振り払い、床に這《は》いつくばってパンツを探している女の腹を脛《すね》で蹴り上げる。濁った叫び声をあげて仰向けになった女の肩を、顔面を蹴りつける。クソ女！　叫びながら空き缶を投げつける。缶がこんと間抜けな音を立てたことに余計に腹が立ち、ベッド脇の目覚まし時計を手に取り投げつけたけど、杏やめてと腕を摑んだ晴臣のせいで女の顔面には命中しなかった。私と晴臣が揉《も》み合っている間に女は裸のまま服を抱えて部屋を出て行ってしまった。ふざけんな待てと怒鳴り晴臣を振り払って追いかけると、玄関で服を着ようとしていた女はひっと声をあげて裸のまま外に逃げた。女の通った道にぽつぽつとビールの雫の跡が残っている。ふざけんな逃げんなこのクソ女！　そう叫ぶと、非常階段を駆け下りる女が器用に裸の上に上着を着るのが見えた。人の男を取る女は、何もかも器用にできる。ああいう女に生まれて、世の中ちょろいなって舐めくさって生きていたかった。どうして私は、こんなに弱いんだろう。

裸足《はだし》のまま廊下で泣いていると、晴臣が言い訳させて、と肩を落としてやって来た。何が言い訳だクソ野郎！　怒鳴ると同時に拳でこめかみを殴りつけた。部屋に入り、私は充血したようにどくどくと波打つ全身からエネルギーを放出するように暴れまわった。キッチンから持ち出した果物ナイフでシーツを切り裂き、ナイフを何度もベッドに突き刺し、カーテンにもナイフを突き立てて上から下まで切り裂いた。喉が痛くなるほど叫んだ。止めようとする晴臣にナイフを投げつけ、あらゆるものを窓や壁に投げつけた。窓ガラスも、晴臣が作ったプラモデルを入れているガラス棚も割れた。その場に座り込んで手をつくと一気に手が熱くなった。杏やめて。お願いだよこっちで話そう。ほら、血が出てる。手当てしないと。晴臣が何度も私を宥《なだ》め、抱き上げようとしたけど、私は一向にそこから動けなかった。

曇ってきた。はっとして立ち上がり、破れたカーテンの隙間から窓の外を見る。外は晴れていた。雲が出てきたのは外ではなく自分の中なのだと分かった。怒りは針を刺された風船のように一瞬にしてすっとパンクし、急激に恐怖が襲った。怖い。そう思った瞬間には思考が停止していた。怖い。怖い怖い怖い怖い怖い。ジェットコースターで落ちていくあの瞬間が延々と続いているようだった。私は恐怖という地獄に落ち続けていた。息が浅くなり、動悸がみるみる早くなっていく。どうしよう、死んじゃう。いや、死なないはずだ。これは発作だ。あの時と同じ、美容室の時と同じ発作だ。大丈夫、しばらくすれば落ち着くはずだ。自分に言い聞かせるけど体が言うことを聞かない。強烈な苦しさの中で無理やり息を吸い込もうとするけど、少し息を吸うだけで肺がいっぱいになってしまう。怖い。呟くと体が震え始めた。怖い。もう一度言うと歯が鳴った。大丈夫、杏大丈夫だよ、あの時と同じだ、すぐに落ち着くよ。大丈夫。力抜いて。さっきまで殺してやろうと思っていた男の言葉に従って全力で力を抜く。晴臣は私を抱きかかえ、リビングのソファに寝かせ、私のシャツのボタンを外した。熱かった。火が出そうなほど、体が熱かった。何が怖い、ではない。目に見える全てのもの、耳で聞こえる全てのもの、手に触れる全てのもの、知覚できる全てのものが怖かった。逆に怖くないものがなかった。自分自身すら怖かった。私は、自分の体すらも失い、どこかに浮遊する火の玉のようなものだった。晴臣は水のペットボトルを持ってきて私に一口飲ませた。大丈夫、大丈夫だよ、と言いながら私の手を取り、もう片方の手で髪の毛を撫でる。ごめん、杏。ごめん。言いながら、晴臣は泣いた。ごめん。二度とこんなこと……。晴臣の言葉を止めるようにぐっと握られた手に力を込める。切り傷がじくっと痛んだ。私の手の傷からか、それとも私が暴れる中でどこか傷を負ったのか、晴臣のTシャツや顔に大量の血が付いていた。

「別れる」

それだけ言うと私は口を閉じて目を閉じた。それから一言も口をきかないまま私は発作が治まるのを待ち、晴臣の言葉を無視してマンションを出て行った。

マンションを出て歩いていると涙がこみ上げた。さっきの発作のせいか、暴れたせいか、体中が痛く、疲れていた。これからどこに行けばいいのか分からないまま、それでも足を踏み出さずにいることはできなかった。足を踏み出し続けていないと、その場で静止した私が端々から粒になってばらばらに飛び散ってしまいそうな気がした。私は歩き続けた。足が折れても、ミイラになっても、私は歩き続けるような気がした。

運転席に座る祖父を後部席から見つめていると、あの日の記憶が鮮やかに蘇る。長い一日だった。母が死んだ日、私と杏は祖母とタクシーで祖父母の家に行き、次の日遺体と再会した。あの時、一人で母に付き添った祖父は、一体どんな思いでいたのだろう。祖父は葬式でも一度も涙を見せなかったけれど、一人でママの亡骸に付き添っていた時は、泣いていたのかもしれない。母の死後やつれてミイラみたいになった祖母と違い、祖父は取り乱すこともなく、ひたすら私と杏を気遣い、尊重し、見守っていてくれた。言葉の多い人ではないけれど、彼が私たち孫の存在を拠り所としながら、母の死を少しずつ受け入れてきたのであろうことは、何となくずっと感じていた。

揺れる車内でスマホを取り出し、杏から連絡が入っていないか確認する。メールもチャットも、SMSも何も入っていなかった。一ヶ月前に話した時は行くと言っていたのに、二週間前にはどうしようかなと言い出し、この三日間どんな手段で連絡しても反応がない。母親の命日を忘れているのだろうか。一周忌の時も、確か晴臣くんと遊びに行っていて、明け方泥酔して帰宅した杏を睡眠時間二時間で叩き起こして祖父母の家に連れて行った。三回忌は完全にドタキャンかと呆れるけれど、杏がそんな行事に意味を見出《みいだ》していないのは明らかだし、もっと言えば母だってこんな儀式馬鹿らしいと思っているような人だったわけで、そう思えば一周忌や三回忌なんて、参加したい人だけ参加すればいいのかもしれない。

「杏ちゃんから、連絡こない？」

「あ、はい。きてないです」

不満そうな祖母にそう答えると、いいんだよ、杏が忘れてられるならその方がいいんだから、と祖父が軽い口調で言った。祖父は母のことが好きだった。それは孫から見ていてもひしひしと伝わってきた。そして祖父は母のことが好きなのと同じ理由で杏のことも好きなのだった。保守的な祖母と結婚した反動なのか、祖父は母と杏のそういう非常識なところ、空気を読めないところを評価していた。いつも無表情、無感情の母が、実家で祖父の作った料理やお酌に僅かに微笑むと、祖父は本当に嬉しそうな顔をした。でも思い返せば、それは私も同じだった。私はいつも母の言動に一喜一憂し、母が私に微笑んだり、ありがとうとか、顔色悪い？　など私を慮《おもんぱか》るような言葉をかけると、それだけで自分の全てを肯定されているような気がして天にも昇るような気持ちになった。こうして思い出すと、惨めだった。つれない恋愛相手に奉仕し続け、優しさのおこぼれをもらって喜ぶような人間と同じだ。でも祖父も私も、嬉しくて堪らなかったのだ。母の作り笑い一つで、本当に心から満たされたのだ。

杏は違った。杏は私マザコンなのと周りに公言しながら、母の言動に全く心を動かされなかった。杏の中心にはいつも杏があって、ママが好きな気持ちでその軸がブレることはなかった。もしかしたらママは、私や祖父のような自分の言動一つで傷ついたり喜んだりする人々のことを、疎ましく思っていたのかもしれない。

バックミラー越しに、祖母の陰鬱とした表情が目に入る。祖母は母の死後一気に老け込んだ。ほんの数ヶ月で背中が丸まり、白髪と皺がどっと増えた。母の死後、半年くらい祖父母の家にお世話になったけれど、彼女は常に口角が下がっている不幸の象徴のような表情で、干渉婆《かんしようばばあ》と名付けたくなるような妖怪然とした容貌で私と杏の心配ばかりしていた。杏が二十歳になるまでここにいなさいと勧める祖母を突っぱねて杏と二人暮らしを始めたのは、そんな祖母の元で生きることに希望を見出せなかったからというのもある。祖母の元にいると、祖母にとって娘の死がそうであるように、母を亡くしたことが自分にとってはねのけることのできない強大な不幸であるような気がしてしまうのだ。祖父はきっと私の気持ちを分かっていたのだろう。しつこく引き止める祖母を宥め、マンションの保証人になってくれたし、私たちが就職するまではと、家賃も学費も払ってくれている。

一週間前、あのイタリアンレストランで光也と晴臣くんと杏、四人で食事をした日以降、杏と連絡が取れないままだ。今日は帰る、今日は泊まる、という連絡は毎日していたのに、あの日を境に杏から一切連絡がなくなった。心配というよりも、何ふてくされてるんだという、わがままな子供への苛立ちと言った方がしっくりくる感情を持て余していたけれど、三日前、洗濯物が洗濯機に詰め込まれているのを見て唐突に心配になった。洗って畳み終えた洗濯物を撮り、画像添付で「洗ったから今度取りにおいで」と杏のメインツールだからという理由で無理やりインストールさせられたスナップチャットで入れたにも拘わらず、そのチャットにも杏からの返事はない。その後ママの三回忌をどうするかという確認をメールとLINEで入れたものの既読すらつかず、電話を掛けても繋がらなかった。

母のお墓は、東京郊外にある。祖父母は高知にある祖父方の代々のお墓や、埼玉にある祖母方のお墓などを検討した挙句、墓参りのしやすさを重視して東京にお墓力的だった。祖父母の家から車で一時間弱で到着するのは魅力的だった。祖父母と私、他の車に乗ってきた親戚が十人程到着すると、祖母を中心にそつなく、手分けしてお墓の掃除と花と菓子の供物の設置が完了した。理有ちゃん最初に、と叔母に言われ、ぼんやりしていた私は慌てて線香に手を伸ばす。火を点けた線香を置くと、両手を合わせて目を閉じる。頭は空っぽだった。何を考えたらいいのか分からなかった。ここは母の骨が埋められた象徴的な場所ではあるものの、私はそこに母を見ることができない。

頭が空っぽなまま、一歩下がり、次の人にどうぞと会釈した。全員が線香をあげ終えるまで時間がかかりそうだったから、私は柄杓《ひしゃく》と手桶《ておけ》を水場に返すため墓地の入り口まで戻った。祖父母や親戚たちと離れると、一気に気持ちが楽になる。

「あ」

水場に柄杓を置こうとした時、短い声が漏れた。向こうも私を振り返り、軽く頭を下げる。

「お久しぶりです」

「どうも。びっくりした。母の、墓参りですか？」

はい、と少し申し訳なさそうに言う高橋《たかはし》は、片手に菊の花束を持っている。

「皆さんが帰られるまで待とうと思って」

「そうですか。遠いところ、ありがとうございます」

高橋は唇の両端を上げ、首を振った。

「二人とも、元気にしてた？」

「はい。杏は今日来てないんですけど、多分元気です」

「そっか。杏ちゃんは相変わらず、おさるさんなんですね」

懐かしい言葉に力が抜けると同時に、毛糸がぐちゃぐちゃに絡まったような不快感が胸の中に広がった。杏はおさるさんなの、言うことを聞かなかったり、常識が通用しなかったとしても苛々しちゃ駄目。おさるさんだって、調教すれば猿回しくらいはできるんだから。どこまで本気だったのか今となっては確かめようがないが、言うことを聞かない小さい杏に苛立ち怒鳴りつけていた私に、母がよく言っていた言葉だ。母がその話を高橋にしていたのだという事実に、私は少なからず動揺していた。高橋は、長いこと母の担当をしていた編集者で、多分母の元彼だ。小学生の頃、帰宅すると高橋が家に居たことがあった。母が離婚する前から、この人と母は不倫していたんじゃないだろうか。不意にそんな疑いが頭をよぎる。この人との不倫が離婚の原因と結びついていたのかどうかは分からないけれど、離婚の時期と前後して、この人の姿を頻繁に見かけていたのは事実だ。

「杏は、墓参りなんて意味ないって思ってます」

「ユリカさんもそうでしたよ」

分かっている。私だって、母が墓参りや葬式、冠婚葬祭的なものに意味を見出す人ではなかったことはよく知っている。

「ユリカさんは誰の葬儀にも来ませんでした。長年付き合いのあった編集長や、ちょくちょく飲んでいた先輩の作家、うちの部長が亡くなった時も、葬儀には来ませんでした。本人が言ってました。その人が死んでいるのか生きているのかなんて、今目の前にいない限り分からないんだから、はっきりさせる必要はないって」

「じゃあ、高橋さんはどうして墓参りに？」

「最近どうしてるかななんて、僕には思えないです。ユリカさんの死はあまりにショックでした。それに、理有さんたちが来てるかもしれないと思ったんです」

「何か、用ですか？」

「ユリカさんが亡くなった時、理有さんは家に居たんですよね？」

「はい。深夜だったので寝てましたけど」

「ユリカさんの死因は、本当に心筋梗塞ですか？」

「職業柄か、ネットでも自殺説とか流れてましたけど、私も含め遺族はそういう細かいあれこれに心乱されていました。母の近くに居た人にまでそんなことを言われるとは思いませんでした」

「もちろん失礼は承知の上です。でもずっと気掛かりだったんです。ユリカさんは亡くなる数年前からちょっと、何となく神経症的というか、何かに怯えているような感じの時があって、お酒も増えていたし、心配していたんです」

「強迫神経症みたいなやつですよね。多分、自律神経失調症があったんだと思います。あとアル中もありました。でも自殺ではないです。お酒とか、生活の乱れとかが心臓の負担になっていた可能性は高いですけど、心筋梗塞でした」

そうですか。と小さな声で呟いて、高橋は考え込むように俯いた。菊の花束が立てる包み紙の音が僅かに聞こえて、彼が手に力を込めたのが分かった。

「理有さん、お父さんとは連絡を取っていますか？」

「いえ」

「そうですか」

「何でですか？」

いや、と真面目な表情で首を振る高橋に、私は何故か、急激に怒りが湧いていくのを感じた。

「高橋さんは、母と不倫してたんですか？」

「いえ、ユリカさんの離婚後にお付き合いしていた時期はありましたけど、いや、正確には、ユリカさんにお付き合いしているという意識があったのかどうかは分かりません。でも一時期そういう関係にあったことは事実です」

体だけの関係ということだろうか。そこに突っ込んで良いのかどうか分からず逡《しゅん》巡《じゅん》していると、「僕はそのつもりだったんですけど、ある時から不意に、ユリカさんは僕とそういう関係があったなんてことを忘れてしまったみたいに、急にビジネスライクな態度で関わるようになってきたんです。別に、他に恋人ができたというわけではなかったようなんですけど」と高橋が続けた。母なら有り得ることだ。パパとの離婚だって、きっと大した理由はなかったんじゃないだろうか。杏のことをおさるさんと言っていた母だって、精神構造的には共感能力や予測能力の欠如したおさるさんだったのではないだろうか。

「母に、聞かなかったんですか？」

「聞きませんでした。ユリカさんが僕と付き合うことや、結婚を望んでいないことは分かっていたので」

「結婚、されたんですね」

一瞬ぽかんとした高橋に、左手を裏返してみせると、彼は自分の左手を見てああと頷いた。

「三年前に。子供も生まれました。報告した時も、ユリカさんは普通におめでとうって喜んでくれて、何か本当に俺はこの人とそういう関係にあったんだろうかって、自分の妄想だったんじゃないかって思うくらい自然に、仕事相手として祝福してくれました」

「私も母といると、時空が歪むっていうか、そういう、ぐにゃっとする感じがありました。あれ、こうじゃなかったっけとか、何でだっけとか思うことが多くて、でも母はいつも平然としてて。でも私はその歪みの中で育ってきたんで、母が死んでから、歪みのない世界に放り出されて、何ていうか、ちょっと手持ち無沙汰なんです」

「ユリカさんの小説もそういうところありますよね。別にSFでもファンタジーでもないのに、現実的な設定なのに、何かエッシャーの絵みたいな違和感があって」

「だから母は多分、ずっと小説の中に居たかったんです。母は歪んでて、多分歪みのない世界に苦しんでた。だから小説を書いてた」

高橋は清潔感のある顔立ち、清潔感のある服装をしている。どこかの社長室の秘書でもやっていそうな見た目だ。

「理有さんは、ユリカさんの小説を読んでるんですね」

「一通りは」

「杏ちゃんは？」

「杏は、母が作家だったことも知らないかも」

それはすごいなと、顔をくしゃっとさせて高橋は笑った。すぐにその笑みは消えて、「実は僕、ユリカさんの最後の原稿持ってるんです」と彼は言った。

「母の、遺作ということですか？」

「はい。ユリカさんは絶対に再校まで目を通したものでなければ出版したくないと常々言っていたので、出版するつもりはありません。僕も、誰にもその原稿の存在を打ち明けていません。そもそも、持っているのは冒頭の二十枚だけで、未完です。亡くなる二週間くらい前にもらったので、ユリカさんのパソコンを調べればもう少し先まで書き進められているかもしれませんが、中編か長編かと話していたので、完成は有り得ません」

母の居ない世界に二年生き、半年マレーシアに住み、将来を見据えて就職活動を始め、光也と付き合い、私は満たされている。母の居ない世界で、満足に暮らしている。そこに母の小説が介入するのは、あの歪んだ世界に戻ることに他ならないはずで、自分がそんなことを望んでいるはずはないのに、強い動揺に襲われた。

「嫌です。読みたくない」

「本当に？」

「もう、母の存在に惑わされるのは嫌なんです」

「惑わされる？」

「最近、虐待のニュースを見るたびに思うんです。どうして母はこういう分かりやすいのじゃなかったのかなって。親に殴られた、暴言吐かれた、ネグレクトされた、全部誰がどう見ても可哀想。でも私たちは違う。端から見ると普通のお母さんで普通の家庭だった。締め切り前にヒステリックになることもあったし、家事も私に丸投げだったけど、殴られたこともなければ暴言を吐かれたこともなかった。皆から羨ましがられた。素敵なお母さんだね、優しいお母さんだね、作家さんなんてすごいね、羨ましいって。家事を任されてるのも、信頼されてるんだねって。でも母が私たちの健やかな成長や私たちの幸せを心から望んだことは一度もなかった。私たちの笑顔が彼女を幸せにしたことは一度もなかった。いつも母はどこか遠くの方を見てて、私たちのことなんて全然見てなかった。私たちの話を、へえそうなの、って穏やかな表情で聞きながら、全然違うものに耳を澄ませていたし、同じ食卓を囲んで同じものを食べてても、母は全然別のものを見てた。言葉の通じる宇宙人と同居しているみたいでした。どうして私たちだけこんなに惨めな思いしなきゃいけないんだって、しかもこんな分かりにくい惨めさ。ひどい貧乏くじだって思ってました」

「前に、ユリカさんが話してました。可哀想な人たちが出てくる小説は嫌いだと。可哀想な人とか、社会的弱者を主要人物において悲惨な状況やストーリーを書いて、読む者の感情を著しく揺さぶるような小説には、誠意が感じられないと。添加物を過剰に使ったお菓子を食べてるみたいで、食べてる時は恍惚《こうこつ》としても食べ終えると吐き気がするって。ユリカさんは子供たちをそういう分かりやすいドラマに陥れないよう気をつけていたんじゃないでしょうか。確かに分かりやすいドラマは、思考能力を搾取します」

「そんなの、自分が売れない言い訳じゃないですか？　私は普通に母と仲良く生きていきたいと思ってました。一緒に買い物に行ったり、洋服を選んだり、恋人の相談とかしたり、そういう普通の母娘《おやこ》の幸せが欲しかった」

「私たちの心に人間愛を感じさせるのは、私たちに共通の惨めさなのだ。ルソーのエミールにそうあります。本当に幸せな存在は孤独な存在だ、とも」

「私も編集者として彼女と関わっていれば、さらっとそんな風に言えたかもしれませんね」

高橋は一瞬口を噤み、もどかしさを顔に浮かべ俯くと、割り切ったような表情で顔を上げた。

「実を言うと、ユリカさんが自殺じゃないかと疑ったのは、その原稿のことがあったからなんです」

「どういうことですか？」

「長年連れ添った夫婦の話で、冒頭に夫が亡くなるんです。それで、二十枚送られてきた数日後に、二枚分くらいの短い文章が送られてきて、プロローグにその夫が妻に残した文章としてこれを入れたいと言われたんです」

「はあ」

「ユリカさんはいつも文章を書く時ワードを使ってました。ユリカさんの担当を始めた、確か八年前くらいから、ずっとワードでした。でもそのプロローグだけテキストデータだったんです。もらった時には珍しいなとしか思わなかったんですけど、その原稿をもらって二週間も経たない内にユリカさんの訃報を聞いた時、あれは自分自身の遺書だったんじゃないかと思ったんです」

「偶然だと思いますけど」

「もちろん、無理強いはしません。読みたくなったらメールください」

高橋はそう言って名刺を差し出した。どうしてこの人は結婚して子供もいるのに、昔ちらっと付き合ったんだか付き合ってなかったんだか分からない女の墓参りに来ているのだろう。そう思いながら、シンプルな明朝で印字された名刺を見つめる。私もいつか結婚をして、子供を持っても、命日にはこの墓を訪ねるのだろうか。

ああ高橋さん、と背後から声がして、振り返ると祖父が懐かしそうに目を細めていた。葬儀の時はお世話になりました、祖父はそう言って頭を下げた。確か、高橋は記帳係をやっていた。葬式の意味を一ミリも見出していない母の葬式で、彼は一つの歯車となり故人にとって無意味な儀式を完成させてくれた。きっと、母にとって葬式が何の意味も持たなかったこと、恐らく本人にとって葬式をあげることすら不本意であっただろうことは、私も高橋も祖父も、杏も知っていたはずだ。母は物分かりのいい夫と子供たちに囲まれ、離婚後も高橋のような男と男女関係になり、原稿を依頼してくれる編集者もいて、頼れば応えてくれる両親もあったというのに、頑《かたく》なまでに一人で在り続けた。彼女はある一線を誰にも越えさせなかった。ただ小説とのみ、溶け合っていた。そんな母の一番近くにいながら、私は生まれてこのかた、ずっと虚しかった。そして気づくと私も母と同じように、誰とも溶け合えない人間になっていた。

頭の中に、光也がいた。ここ何度かのデートで、彼からの新しい形のアプローチを感じていた。触れたい、抱き寄せたい、近づきたい。無言の欲望を、私は相手が手慣れた態度をとらないのをいいことに、無言でやり過ごしていた。そしてそのやり過ごしに、光也は無言のまま傷つき、距離に戸惑い、私はそんな彼の戸惑いを認識していない素振りをする。言葉や態度では柔らかく相手を受け入れ合っているのに、私たちの間にはそういうどうしようもない身体的な距離があって、もはやその前提を互いに認めた上で改めて身体的な接触を一から始めないと先に進めないというところまできている。その心と体の接触がアンバランス過ぎて、いっそのこと一気に襲ってくれないだろうかと、自分の欲望を叶えるため光也の優しさと尊厳を踏みにじるような望みを持つ自分がおぞましい。

新宿に寄る用事があるんでと、家まで送るという祖父の申し出を断り駅まで送ってもらうと、新宿行きの快速電車に乗り込んだ。窓から郊外の閑散とした風景を眺めていると、大きな家電量販店とゴルフ用品店が並んでいるのが見えた。陽《ひ》の光が暖かくて、ドアに向かって立ったまま、眠気が襲ってくる。手すりに寄りかかり、瞼が重くなってきた時、幼い杏の眠そうな表情が蘇る。今にも眠ってしまいそうなほど眠そうな表情の杏に、私は絵本を読んであげていた。杏が三歳か、四歳くらいだっただろうか。ベッドで布団に入っていた杏は、ねえ知ってる？　と絵本を読む私の声を遮った。杏ちゃんのあんよはもう寝ちゃったんだよ。眠そうな目をぱちぱちとさせて言う杏に、私は思わず笑ってしまった。幼い頃、杏はよく物を擬人化した。牛乳はいつも涼しい所に居られていいね。と夏の暑い時期に言っていたこともあった。お昼時、突然スプーンに載ったチャーハンを指差して「これは杏ちゃんとユキノちゃんで、杏ちゃんのお口は学校なのね。それで、杏ちゃんとユキノちゃんは学校に行きたくなーいって泣いてるの」と話してから、ぱくんと大きな口にスプーンを入れたこともあった。ちゃんと学校行ったんだね、と私が言うと、杏は目を三日月のように細め、うんと微笑んだ。可愛い妹だった。杏は、私の可愛い妹だった。

スマホを手に取り、やっぱり連絡が入っていないことを確認すると、スナップチヤットを立ち上げ、連絡して。とメッセージを入れた。フェイスブックをやっていたはずだと思ってチェックしてみるけれど、杏のアカウントはもうなかった。そう言えば、随分前にもうやめたと話していたような気もする。しばらく考えてから、光也にメッセージを入れた。「この間、晴臣くんと連絡先交換した？」光也と晴臣くんは随分打ち解け、今度はお店で、と別れ際に話していたし、連絡先を交換しているはずだった。私のスマホに入っていると思っていた晴臣くんの携帯番号は、新しいスマホへの引き継ぎの時に漏れたのか今のスマホにはなぜか入っていない。「したよ。ＬＩＮＥのＩＤだけだけど。何かあった？」すぐに返ってきた返事に、「杏のことがちょっと心配で。連絡取りたいって晴臣くんに伝えてくれない？」「杏ちゃんと連絡、取れないの？」「先週、皆で食事した時から、連絡取れないの」さくさくと進んでいたメッセージが途切れ、光也の逡巡が感じ取れた。あの時、私と杏がぎくしゃくしていたのは光也も、さすがの晴臣くんも感じていたはずだ。「実はあの時ちょっとトイレで言い争いみたいになって、それ以来連絡取れないままで、今日母の三回忌にも来なかったの」「分かった。連絡して、杏ちゃんのこと聞いてみる」「もし杏が普通にしてるなら、別にいいの。何かあったんじゃないかって、ちょっと心配なだけだから」「分かった。じゃあさりげなく聞いてみるよ」光也にはデリカシーがある。彼は人の踏み込まれたくないところには踏み込まない。人が常に逡巡と躊躇《ためら》いの中で生きていることを、よく理解している。穏やかで、あらゆるものに感謝の気持ちと畏敬の念を持っている。若い男性がこじらせがちな自意識を、彼は持っていない。その彼の物分かりの良さが、何故か私にプレッシャーを与えるのだ。そんな彼の在り方を壊してはならないと、純度の高い彼の完成形に躊躇い、私は二の足を踏んでしまうのかもしれない。

電車が新宿に到着すると、すぐに乗り換えた。パソコンには、前のスマホに入っていた晴臣くんの番号も入っているはずだった。とにかく一刻も早く、杏がどこで何をやっているのか、いや、とにかく無事だけでいいから確認したかった。「さっきLINEで電話かけてみたんだけど出なかった。メッセージも既読にならない。もうちょっと待ってみる。何かあったらすぐに連絡するね」光也からのメールを見て、気分が沈んでいく。LINEに既読がつかないなら、電話を掛けても恐らく連絡はつかないだろう。晴臣くんにも連絡がつかなかったら、次は学校に連絡するしかない。最近の出席状況を聞いて、もしずっと来ていないとなったら、次は警察だ。ふと、杏には晴臣くんしかいないのだと、私はそんな風に感じた。杏には常に不特定多数の友達が大勢いて、誰々がね、誰々がね、と私の知らない友達の名前を出して話をするのだが、いざという時に杏の友達を思い浮かべようとしても特定の名前が一つも出てこないのだ。私が抱いている、誰とも溶け合えない孤立感を、同じ母の元で育った杏もまた、背負っているのだろうか。

もやもやとした不安に包まれたまま電車を降りると、私はマンションまで早足で歩き始めた。履きなれないパンプスのせいで、墓参りの途中からずっと足が痛かったけれど、右の踵《かかと》の痛みが急に強くなる。マメが潰れたのだろう。バッグに絆創膏《ばんそうこう》が入っていたはずだけれど、私はまっすぐ前を見て歩き続けた。杏に光也を会わせたあの時、私は強烈に苛立っていた。前に進もうとしている私の足を杏が引っ張っているように感じたのだ。杏はそういうところがある。成長や進化というものを根本的に認めないようなところが。知性や理性を重んじないし、今の延長線上に未来があるという考え方をしない。杏の思考はそれこそスナップチャットと同じように、今ある板にしかない。そして次の瞬間には消えてしまう。そしてまた、新しい板に言葉が書き込まれ、読んだ端から消えていく。

幼い頃、一緒にアニメの映画を見ていた時に、杏は奇妙なことを言った。分かりやすい話だった。主人公の親を殺した悪者に、主人公とその仲間が敵討《かたきう》ちをする。杏はこの話の意味が全然分からないと言い切ったのだ。この悪者を殺したところで、悪者はもはや主人公の親を殺した悪者ではないから意味がないと。つまり杏は、時間が経つと人は別物に変化する、そこに連続性はない、と考えているのだ。だから過去に親を殺した悪者を今殺すのは無意味だと。そんなことを言ったらこの世に存在する全ての勧善懲悪の物語は無意味な話になってしまうし、そもそも刑罰を完全否定することになる。と私は主人公に感情移入しない妹に苛立ち、焦り、ストーリーに感動していた自分を卑しめられたような気がしてしばらく論争したが、あまりにも平行線を辿るため私が諦めてしまった。思えばママと杏は、そういうところがよく似ていた。人が感動するものに感動しない。あらゆる因果関係に無頓着。どこまでいっても思考回路がブツ切れなのだ。

あのレストランで、私はそんな杏がこれから先の未来、私の就職や恋愛や勉強の邪魔になるような気がしたのだろう。私が強い意思と希望を持って挑むこれから先の人生を、杏は否定し続けるだろう。その在り方で、その生き方で、きっと私を否定する。私が大切に思うものを、杏は無価値だと思っている。母もそうだった。母も私が大切に思うものの価値を認めなかった。自分が大切に思うものを、大切な人が大切だと思っていないだけで、人は強烈に傷つくのだ。

杏と私が、互いを高め合う存在になることは不可能なのだろうか。そもそも、人が高まるなんていう事象を杏は認めていないのだから不可能だろう。でもだったら杏は、私に何を求めているのだろう。母親的に面倒を見てくれる存在、ただ抱きしめて大丈夫だよと言ってくれる存在として、私は杏に求められているのだろうか。だとしたら、確かに私にとってそんな関係は不毛でしかなく、杏はただのお荷物でしかない。相手に深入りしないよう距離感を保って付き合っていくしかない。でも、杏は本当に心から、人間の連続性を否定しているのだろうか。刑罰は無意味だと、ただのルールでしかないと、本気で思っているのだろうか。そんな人間がいるのだろうか。だとしたら、妹とか家族とかいう以前に、私はそんな人間が生きているこの世界が怖いとすら思う。

でも、確かに杏は私が誰かに殺されたとしても、激しく悲しみ苦しみもするだろうが仇討《あだう》ちなんてことは考えないだろうし、謎理論を用いてある日すとんと納得してしまいそうな気もする。そこまで考えた時、私はふと樋口くんという元彼のことを思い出した。杏は彼が大嫌いで、彼が家に遊びに来るたび舌打ちをしたし、樋口くんが何か声をかけると、杏は数秒間彼を凝視した後、何もなかったかのように目を逸らすという不可解かつ失礼過ぎる無視を続けていた。神経症的だった母と、自分を幽霊のように扱う杏という家族に戸惑いながらも、樋口くんは常にまっすぐ私と向き合ってくれた。樋口くんとは、単なる恋人という関係を超えた絆《きずな》を持っているように、私は感じるようになっていた。でも母が死んで、彼との関係は狂い始めた。葬式で泣かなかった私に、「泣いていいんだよ」と彼が私を抱きしめてそう言った時、全身に鳥肌が立った。激しい怒りと取り返しのつかない嫌悪感と共に、彼を罵倒したい衝動に駆られた。そしてその時初めて、杏が勧善懲悪のストーリーを意味わかんないと言う理由が少し分かった気がしたのだ。その一瞬で私と樋口くんの間には亀裂が入り、爪が引っかかったストッキングのように、その亀裂が広がっていくのを止めることはできなかった。母は私を、分かりやすいドラマに搦《から》め捕《と》られない人間に育てたのだろうか。結果的に、母の死は私と樋口くんを分かつこととなった。そしてかつて母が集めていたベスティのぬいぐるみが、光也と私を結びつけたのだとも言える。ぐるぐると考えながら、マンションが見えてきたところでスマホが震えたのに気づく。「今晴臣くんから返事がきたから、ちょっと電話してみる。ちょっと話聞いて後で連絡するね」パソコンの連絡先を漁る必要がなくなったことにほっとして、歩速を弱めてマンションのエントランスをくぐった。今すぐパンプスを脱ぎたかった。

玄関の棚に鍵を置き廊下に上がると、両足の踵にマメができていてやはり一つ潰れているのを確認する。救急箱にキズパワーパッドがあったはずだとリビングに向かいながら、斜め前から聞こえた僅かな物音に体の動きを完全に止める。そろりと数歩戻り、傘立てから一本、頑丈そうな黒い傘を手に取ると、私は杏の部屋のドアを一気に押し開けた。

「……杏」

ベッドの中から私を見る杏の目には何の感情も読み取れない。それは、心配そうに見つめては、なに？　と冷たく切り返された、幼い頃の私とママのやり取りを思い出させた。

「広岡さん……？」

広岡もまた、何の感情も、驚きすら一切こもっていないような目で私を見つめた。二人は掛け布団を被っていたけれど、杏の乳房は隠れておらず私は目を逸らした。

「え、雨降ってる？」

私の持つ傘に目を留めた杏の言葉に膝が震えた気がしたけれど、上着のポケットの中のスマホが振動しただけだった。

「杏、その人、既婚者だよ？」

「知ってるよ」

「……何してんの、杏。広岡さんも、何考えてんの？」

「俺は誘われたんだよ」

「何考えてんの、この子十六だよ？」

広岡が、面倒だと言わんばかりの態度で首を縦に振り、知ってると呟いた。最低、と吐き捨てたけれど、何が最低なのか自分でもよく分からなかった。私裸なんだけど、杏がそう言って片手をひらひら振り、あっちに行けとジェスチャーした。最低。もう一度誰にも聞こえない声で吐き捨てながら、私は大きな音を立ててドアを閉め、廊下に立ち尽くしてその場に傘を投げつけ、玄関に戻ってミュールに足を入れると家を出た。エレベーターを降り、マンションを出る。二度ほど信号無視をしかけて、ようやく歩調を弱めた。訳が分からなかった。どうしようもなく、現実感がなかった。不思議の国に居るようだ。私は杏を探しながら不思議の国に迷い込み、そこで惨《むご》い現実を目にしてしまった。この現実では、どんなに心配しても、どんなに真剣に考えていても、妹が倫理の欠如したクズと不倫し、私を邪魔者扱いするのだ。だから嫌なんだ！　嫌だったんだ！　叫びたくなる衝動を抑えながら、胸を押さえて震えるスマホを手に取り通話のアイコンをタップする。

「理有ちゃん？　メール見た？」

「ごめん……見てない」

「晴臣くん、三日前に杏ちゃんに浮気を見つかったんだって。その日に杏ちゃんは出て行って、それ以来晴臣くんの家には戻ってなくて、学校にも来てなくて、連絡も取れないって。晴臣くんは、すごい反省してるし、もう二度としないから戻ってきて欲しいって言ってる」

足がぴたりと止まって、一瞬後ろを振り返る。そういえば、杏の手には真新しい包帯が巻いてあった。杏がどんな修羅場を潜り抜け、広岡とそういうことになったのか、膨らみかけた想像を馬鹿らしい、と切り捨てる。そもそも何故杏が私の行きつけの美容室の店長と知り合いなのか。この間レストランでの言葉がずっと気になっていた。美容室でやってもらったの？　と杏は私のセットされた髪を見て聞いたのだ。あの時すでに、杏は広岡と知り合っていたのだろうか。

「杏はもう晴臣くんの所には戻らないと思う。晴臣くん、これが初めてじゃないし」

「理有ちゃん、杏ちゃんと連絡取れたの？」

「家に居た」

「今、家？」

「ううん」

家じゃない。そこまで言うと突然力が抜けた。これ以上歩くことも、言葉を紡ぐこともできない気がした。光也さん、どうしよう。私もう杏のことを好きでいられない。そう言った瞬間、高橋の話していたルソーの言葉が蘇る。私たちの心に人間愛を感じさせるのは、私たちに共通の惨めさなのだ。私はどうして、杏のことを好きでいたいのだろう。

「理有ちゃん、どうしたの？　今どこ？　すぐにそっちに行くから、ちょっと待ってて。どこまで行けばいい？」

最寄駅を口にすると、着いたら連絡すると言って、光也は電話を切った。都心でありながら、駅から住宅地まで距離が短く、駅前にはそれなりに充実した商店街がある。マンションが立ち並ぶ道の途中、ガードレールに腰掛けると、この街に越してきた頃のことが思い出された。言葉にはしなかったし泣きもしなかったけれど、よくスマホで母の画像をぼんやりと見つめていた杏の気持ちを考慮して、母を想起させる要素のない土地を選んだ。これまでの私たちに縁がなく、私の大学に通いやすく、杏の転入する中学にも便が良い土地。ここは私たち二人の出発点だった。私たちは、二人で生きてきた。ママが死んでからずっと。いや、パパとママが離婚してから。いや、病院で産声をあげたばかりの杏を目一杯抱きしめ、赤ちゃんを潰さないでねと看護師さんに笑われたあの日から。私たちは二人で、手を取り合って生きてきた。あらゆることを、二人で乗り越えてきたはずだった。しっかりと握りしめていると思っていたあの小さなふかふかの手は、いつの間にか既婚男性を捉える邪悪な手になってしまった。

どうしてそういう格好してるの？　私の言葉に、そういう格好って何だよと広岡さんは笑った。本当はもっと、違う感じの格好したいんじゃないの？　髪型とか性格が、そういうファッションに合ってないもん。何か着せ替え人形みたい。俺の性格？　そう。広岡さんの性格。俺の性格ね……。私なんか変なこと言った？　俺の性格について、俺はもう何年も考えたことがなかったよ。ふうん、それって、幸せなこと？　どうかな。不幸かもな。私は広岡さんの性格についても、不幸についても、ちゃんと考えてあげるよ。彼は真っ白なワイシャツのボタンを嵌めると、ベッドの端に座った。

「お前さ、大丈夫なの？」

「何が？」

「彼氏に浮気されてさ、姉ちゃんにこういうの見せつけて、パニックも治療しないでこれからどうすんだよ」

「広岡さんに拾ってもらう」

拾わねえよ、と広岡さんは迷惑そうに言った。広岡さんは、坂道を駆け下りて、足が止まらなくなってしまったような喋り方をする。語尾がもつれるような舌ったらずのような口調で、乱暴な物言いをする彼には元ヤンの雰囲気が漂う。拾わないか、と言いながら私は彼の手を取った。広岡さんの手は晴臣の手と全然違う。晴臣の手指は、女の子のように華奢で、細かった。広岡さんの手は普通の、大人の男の手だ。指に指を絡め握り締めると、彼も力を入れた。晴臣の部屋で切った手の傷がじくじくと痛んだ。薄く巻かれた包帯の中で、傷が開きかけているのが分かった。ガラスの海に手をついた時に切った、左の人差し指と中指の第二関節に走る傷が深くて、開いても握ってもその都度痛みが走る。

「病院、この近くでいいとこ知ってるから紹介するよ」

「いいよ。そんなの自分でできる」

「自分でできることを人にしてもらうことに意味があんじゃねえの?」

私そういうところに価値を見出す人間じゃないから。そう言いながら、全てを理有ちゃんに託してきた自分を思う。理有ちゃんがそれを望んだからだ。私が望んだからじゃない。でも理有ちゃんも同じことを思っているのかもしれない。杏が望んだからだ。私が望んだんじゃない。そう思っているのかもしれない。私も理有ちゃんも望んでいなかった私と理有ちゃんの関係性は、一体どこからどうやって発生したのだろう。もうずっと、電源が切れたままのスマホを思う。晴臣は何回、私に連絡を取ろうとしただろう。理有ちゃんは何回。

「広岡さんて、理有ちゃんと寝たの？」

「寝てねえよ」

「うそだあ」

「お前あいつのこと何にも知らねえんだな」

「どういうこと？」

「あいつは俺の父性を評価してんだよ」

「そっちこそ何にも分かってない」

はあ？　と眉間に皺を寄せる広岡さんの髪を右手で撫でながら、理有ちゃんは真性ファザコンだよ、と彼を覗き込む。理有ちゃんと俺がヤッてた方が嬉しいの？　そう言う広岡さんのゲスさに一瞬、強烈に胸が動かされる。うんって言ったら嬉しいでしょ、と聞くと、俺ドロドロしたのはほんと無理、と彼は真面目な顔で言った。

「あの彼氏には連絡取らねえの？」

「うん。もう一緒に居たいって思わない」

「俺はお前のこと何ともしてやれないけど、とにかくあの彼氏の所には戻らない方がいいと思う」

「分かってる」

言いながら、傾斜のあるピンボールの盤のように、あちこちにぶつかりながらいつも晴臣の所に落ちていってしまう自分を思う。今回は、さすがに終わりだろう。あそこまではっきり浮気を目撃したのは初めてだったし、晴臣と付き合って以来、他の男と寝たのも初めてだった。でも、晴臣と別れたという実感も、晴臣のことを好きでなくなった実感も、まだ湧いてはいなかった。ただ、少しずつ目の前にいる広岡への好意が高まっているのも確かだった。この好意だけが晴臣という地獄から這い出すための命綱だと思うと、広岡への執着心は強まるけれど、彼が妻帯者であることがその命綱にしがみつく気を萎えさせる。あ、と呟いて、広岡が私の手首を摑む。

「滲んでる」

俺が握ったからだ、わりい。言いながら、彼は私の左手の包帯をゆっくりと剝がしていく。大丈夫、と呟くとほんの五周ほどで包帯は解《ほど》け、もうガラス入ってねえよなと言いながら嫌そうな表情で彼は傷口を見つめる。あの日、両手が血まみれのまま閉店後のイプシロンを訪れた私に、俺こういうのほんと無理なんだよと半分顔を背けながら、彼は私の両手の手当てをした。洗髪台の上で少しずつシャワーを当て、カチンと小さなガラス片が落ちる音がした時、広岡さんは顔を歪めて僅かに呻き声をあげた。

「やっぱ病院行った方がいいんじゃねえ。これ、きっちりテーピングしてもらえば痕残らないかもしんねえし」

「痕が残るのは別にいいの。私生命線短いからこれで伸びるかもしれないし」

「せめてちょっと、傷口が開かないように何かした方がいいと思うんだ。救急箱とかないの？」

「あるけど、いいよ」

「もう三日経つのにまだ傷が開くって、やっぱ良くねえよ」

ベッドの脇に座ってこちらを向く広岡さんの頬に手のひらを当てる。広岡さんが握ったからでしょ、と呟くと彼は力が抜けたように、じゃあ手当てしますよ、と手首を引っ張って私を立たせた。

リビングで救急箱を漁ると、広岡さんは私の両手に消毒液を垂らしてからテープで断続的に傷口を寄せ、肉がくっつくように留めた。その細かい作業をする広岡さんの手指は、彼の仕事の繊細さを物語っていて、途端に私はずっと脳裏に焼きついていた、血まみれの私の手を握る晴臣の細い指の記憶がぽろりと剝れ落ち、今手当てをする広岡さんの指が新たに焼きついたのが分かった。手のひらなんて一番よく使うところだから無理かもしれないけど、あんまり開かないようにして過ごしな、広岡さんはそう言うと、救急箱を閉じた。

「お前、ほんとどうすんのこれから」

「どうしよっかな。みなしごだよ」

「姉ちゃんに謝って、ちゃんとここで生活しろよ」

「謝るって何を？」

「分かんねえけど、謝んなくても、なんかちゃんと話し合えばいいんじゃねえの？　腹割ってさ。お前がそんな悪い奴だと思わないし、悪い奴じゃないお前を姉ちゃんが締め出すとも思えないし」

そっか、まあそうかもね、と呟きながら、この三日間、店に出ている以外のほとんどの時間、広岡さんを独占していたことを思い出す。きっと彼は、私から解放されて自宅に帰りたいのだろう。あの日の夜広岡さんの店を訪れてから、彼はほとんど私につきっきりなのだ。奥さんには一体何て言っているんだろう。それともこんなことは日常茶飯事なんだろうか。

「また会ってくれる？」

「めんどくせーのは勘弁な」

セックスすると、相手のことを好きになる。最初は躊躇いながらセックスして、次第に躊躇いがなくなっていって、それと共にどんどん好きになる。躊躇いの先には惰性があって、惰性になると関係もセックスも惰性になる。それで好きなのかどうなのか分からなくなって、中高生のカップルは浮気や些細《ささい》な喧嘩がきっかけで別れる。関係もセックスも、晴臣とは惰性にならなかった。付き合い始めて一年半、お互い、恋愛もセックスも、全力で楽しんだ。私たちの間に惰性はなく、その代わり晴臣は他の女の子たちとも惰性のない恋愛やセックスを楽しんでいた。

「大丈夫。彼氏には浮気されまくってたし、広岡さん既婚者って知ってたし、私が無理やり誘ったわけだし。割り切ってる系女子だから」

「あの彼氏は確かにかっこ良かったけど、お前だってかなり可愛いよ」

「別に私卑屈になってないよ」

「そうかもしんないけど、若いから、色々見誤ってるところがあんじゃねえかと思って。お前は浮気性の彼氏とも、俺とも釣り合わねえよ。姉ちゃんのことだってそんなに怖がることねえんじゃね？」

意外な言葉に、私理有ちゃんのこと怖がってないけど、と眉毛を上げて強めに言う。

「好きじゃない人に何言われても平気だけど、好きな人に言われると傷つくだろ。だから普通ちょっと怖いもんなんじゃねえの、好きな人って」

広岡さんはソファに座って、私が渡したビールを飲み始めた。彼の動作や仕草には彼のがさつさが表れている。自然に片足をソファに上げたり、ビールを飲む時にぐびっと音をたてたり、美容師らしからぬ乱雑さが要所要所にちりばめられていて、それは彼が計算してそうしているのではないかと思うほどの完璧なちりばめ具合だった。

「おい」

「え？」

「あれって……」

広岡さんが指差した先には、本棚があった。置かれているのはママの著作一通りと、理有ちゃんのデスクに置ききれない参考書や問題集くらいで、さして大きくない本棚だけど、三分の一は空いている。

「え、これ、中城さん？」

彼は立ち上がり、本棚の前まで行って写真立てを覗き込んだ。

「あ、写真？　三人で、どこだったかなサイパンだったかな、行った時の」

「え、お前たち、中城さんの？」

「知らなかったの？　理有ちゃんから聞いてるかと思った」

「ていうか……俺、中城さんの髪ずっと切ってたんだよ」

「え、ママあのお店行ってたの？」

「いや、あそこの店長になる前。別の系列店で。俺があそこの店に移ってすぐ、ユリカさん別の美容室行き始めて、たまにあの辺寄る時にセットしたりするくらいになっちゃったけど、多分通算で八年くらいは切ってたよ」

「偶然なんて、ありえないよね」

「ないだろ」

「理有ちゃん、素性話さなかったの？」

「母親が死んでるって話はしてたけど、ていうか、お前ら苗字は？」

「中城だよ？」

「あいつ、店で長政《ながまさ》理有って名乗ってるぞ」

「それ、離婚前の、パパの苗字」

ごつごつとしたものが体の中で肥大していくのを感じていた。ずっと理有ちゃんを見ながら、消化しきれないものを感じてきた。ずっと、理有ちゃんが何を考えているのか、よく分からなかった。どうして理有ちゃんは、どうして理有ちゃんは、どうして。ずっとそう思いながら、面と向かって核心的なことは聞けないでいた。ママが死んだ日のことも。ママのことをどう思っているのかも。私のことをどう思っているのかも。ずっと仲が良かったのに、ずっと何もかも話せる相手だったのに、ママが死んでから、私たちは腫れ物に触れ合うようにして、ずっと深い接触を避けてきた。

「理有ちゃんはママが死ぬ前から、広岡さんのお店に通ってたんだよね？」

「ああ、四年くらい前かな」

「ママが死んだ頃、何か、話してた？」

「……ていうか、思い出したけど、あいつ最初に来た時から、母親はもう死んでるって言ってたぞ」

え？　と声が漏れて、自分の表情が強張っていくのが分かる。うそでしょ？　と引きつった笑みを浮かべると、広岡さんも同じように表情を強張らせたまま、いや、と呟いた。彼の手の中にある写真立ての中で、ママが僅かに微笑んでいる。

「四年前の、夏頃かな、初めて来た時か、少なくとも二回目とか三回目の時、母親は二年前に肺癌《はいがん》で死んだって話してた。あの時あいつまだ十六で、若くして母親亡くして苦労してんだろうなって、あいつが帰った後、カスタマーカード見返して年齢確認したんだよ。だからよく覚えてる。ちょうどその頃、系列店の仲良かった店長が肺癌で入院したばっかで、肺癌についてもネットでよく調べてたから、印象的だったんだ。ユリカさんが亡くなったの、二年前だよな？」

黙って頷きながら、すとんと、何かが体という筒の中を通って地面に滑りおちたような気がした。そしてすぐに、滑り落ちた分の空白感が襲ってきた。

「そんな顔すんなよ」

写真立てを本棚に戻した広岡さんは、両手で挟んだ私の顔を持ち上げ、なんかお前小さくなった気がする、と呟いた。私も、なんか、広岡さんが大きくなった感じがする。そう言うと私たちは弱々しく笑った。その笑みが消えたら、何か激しい戦慄に襲われそうで、緩んだ口元をきつく閉じることができないまま広岡さんの手を取り、手のひらに貼られたテープが軋《きし》むのを感じながら、力を入れずにはいられなかった。

広岡さんが帰ってしまうと、持って帰った荷物を解いた。教科書やノートは晴臣の家に置いてきてしまった。いずれは取りに行かなきゃいけないけど、一人では行きたくない。鍵を投げつけて出てきたから、荷物を取りに行くなら晴臣と顔を合わせることは避けられないのだ。でもどうせ、学校を休み続けるわけにもいかない。男と別れたから高校を辞めるなんて馬鹿げたことはしたくない。晴臣のことを考えながら、いつの間にか、頭の中で理有ちゃんの存在が増していた。気分が悪かった。まるで何か、邪悪な音や匂いのする雲が頭上に広がってるようだった。晴臣の家を飛び出して三日、広岡さんの店、ラブホ、漫画喫茶などをふらふら渡り歩いてろくに睡眠もとっていなかったにも拘わらず、自分のベッドにじっと横になっていても全く眠気が訪れなかった。充電が完了したスマホの電源を入れると、一気にメールと留守電が入って、その量にとても開く気分にはなれず放り出す。杏、杏ちゃん、ねえ杏、晴臣の声が聞こえてきそうだった。どれだけ呼びかけるのだろう。彼はまた、どれだけ私に呼びかけ、忠誠を誓うのだろう。お家芸のようなあの謝罪と愛している許してくれのフルバージョンを聞かされるのは、もう苦痛でしかない。

起き上がって飲みかけだったチューハイを一気に飲み干すと、私はスマホのロックを解除しメールボックスの中の「全てマーク」を選択して「マークした項目を削除」を押した。SMSも全削除して、二つのSNSのチャットも全削除した。その勢いで着信履歴、発信履歴、留守電も消去した。全てを消して空っぽになったスマホを手に持つと、それだけで何かしら一つ乗り越えることができたような気がして晴れ晴れした。晴臣の家で浮気現場を見つけて大暴れしてあの家を出てから、私は一度も泣いていない。広岡さんと居たからかもしれないけど、何度も繰り返されたことではあって、きっと次もある、次もある、と思いながら一緒に居たせいか、そこまでショックは大きくなかった。ママは突然死んだ。ある日突然、思いもしないタイミングで、突然死んだ。もし彼女が癌と宣告され、手術や転移を繰り返し、数年の闘病の果てに死んだのだとしたら、それは私にとって全く違う死になっただろう。それと同じだ。この人は浮気なんてしないと思っている相手にある日突然裏切られた訳ではない。またある、またきっとする、きっとまた私を裏切るとどこかで思いながら、一緒に居たのだ。でも、もうしない、きっともうしない、もう彼は私を裏切らない、と信じていた節があったことも否定できない。私はそういう蟻地獄から、ようやく抜け出せたとも言える。

「会いたくなったら連絡して。いつでも、どこでも行く」

広岡さんにそうメッセージを送る。今日はお店の定休日だったから、きっともう家に帰っているだろう。奥さんが待ち受け画面に浮き上がった私のメッセージを見て、広岡さんを問い詰めるかもしれない。勝手にスマホのロックを解除して、浮気の痕跡を探すかもしれない。広岡さんがどこに住んでいるかも知らないのに、この東京のどこかで起きるかもしれない小さな事件を思う。ベッドから立ち上がり、クローゼットを開ける。クローゼットの中のプラスチックの衣装ケースに座るぬいぐるみを抱き上げた。この赤目の羊は、いつも情けない表情で、だらんと長い四肢を垂れ伸ばし、卑屈な微笑みを浮かべている。この子を見ると思う。この世の全ての存在は隅から隅まで情けなくて、どうしようもないものなのだと。ママはこの羊を一番大切にしていた。たまにベッドで一緒に寝ていたこともあった。ママが持っているだけで貴重なものに感じられて、可愛いねえ可愛いねえ、と褒めそやしていた私は、ママが死んで初めて、このぬいぐるみが人をとことんまで情けない気持ちにさせるものなのだと知った。そしてその途端、このぬいぐるみの魅力は消失してしまった。私はママが大切にしていたぬいぐるみが欲しかったし可愛かったのであって、もうママが大切にしていないぬいぐるみを抱いても、何の喜びも湧き上がらなかった。一応遺品ではあるから捨てないでいるけど、飾っても可愛くないからこうしてクローゼットに眠ったままで、これから何回か引っ越しをしたらいつの間にか消えているかもしれないと思う位置をキープしている。

「お前の方が先に会いたくなるだろ」

広岡さんのチャットに、会いたくなったら連絡してもいい？　と返すと、駄目って言ったらしないわけ？　と入ってくる。三日一緒にいて分かったのは、広岡さんはそっけない態度をとりながら、案外こういうやり取りを楽しんでいるということだ。「しない努力をする」と特に本心でもない言葉を入れると、「がんばれよ」と多分やっぱり特に本心でもないであろう言葉が返ってきた。

「杏、お願いだよ電話に出て。会って話したい」

話せない。そう呟きながら、入ったばかりの晴臣からのチャットを消去する。意外なほど、私の中に迷いはなかった。晴臣と別れられる。そう思うと、むしろ何故ここまで引きずってしまったのだろうと、少し前までの自分が今は信じられない。

ブー、ブー、と立て続けに震えるスマホに気づいて顔を上げ、デジタル時計を見やる。00：39という数字にはっとして、ベッドから這い出すと部屋を出た。廊下もリビングにも電気は点いてなくて、しんとしていた。まだ帰っていないのだろうかと、理有ちゃんの部屋のドアを開けると、完全な暗闇の中に、パソコンの外付けカメラが点滅していた。理有ちゃん。と呟くと、その静けさがより強烈に身にしみて、私はキッチンでチューハイを開けて飲みながらさっきから騒がしいダンス友達メインのグループチャットを開く。みんな今何してるー？　私イマココ　来ない？めっちゃ盛り上がってるよ　えーアムスかあ　どうしよっかなー　私今渋谷だから行く〜上に同じくー　私は無理、ほぼ寝てる〜　俺もはや参加中　2時からDJ NARIO登場だよ！　えーNARIOくんのー？　私ナリヲ大好き！　今新宿だから30分後くらいに行くー　画像やスタンプを挟みながら交わされているチャットのグループメンバーは二十数人で、書き込んでいるのは八人程度だった。メンバーには晴臣も入っている。今ここで私が行くと書き込んだら、晴臣はそれを見てアムスに来るかもしれない。体がうずうずして来るのと同時に、晴臣に会うかもしれないという憂鬱、もしも外でまた発作が起こったらという不安が膨らんでいく。発作の心配なんて、これまで全然しなかったのにと思うけど、心配しないでいられたのは、ずっと晴臣や広岡さんがそばに居たからなのかもしれないと思いつく。暗いリビングのソファに腰かけてチューハイを飲みながら、私はどこにもつかまれずに、ぽつんと無重力空間を漂っているみたいだった。

やっぱり行こうかな。重たかった腰を上げて顔を洗い、ルースパウダーとグロスだけつけると、部屋着からタンクトップと短パンに着替え、薄手のロングパーカーを羽織った。最初のチャットが入ってから三十分が経っていたけれど、未だに晴臣はチャットに参加していない。でも行ったら行ったで誰かが私の存在を晴臣に伝えてしまうかもしれないし、既にアムスに晴臣がいる可能性もなくはない。でも、と思う。とにかくいつまでも晴臣に会わないで済ますのは不可能なのだ。吹っ切れた気持ちでバッグを肩にかけたけど、玄関で靴を選んでいるとまた迷いが生じてきた。前はもっと、がんがん外に出て行くタイプだったのに、やっぱりあの発作を起こしたせいなのだろうか。病気をして人格が変わる人がいるというのも、考えてみれば当然の話だ。体が変わるということは、その人の全てが変わるということに等しい。

スニーカーの前で悩み、ようやく片足を入れて紐《ひも》を締め直していると、コツコツと足音が聞こえた。理有ちゃんだ。そう思った瞬間、がしゃんと鍵の開く音がして顔を上げる。理有ちゃんは玄関に座り込んでスニーカーを履いている私を見ても一ミリの驚きもないように「ただいま」と無表情のまま言ってミュールを脱いだ。なぜか声を掛けられず、リビングに入った理有ちゃんの背中を見つめて、私は衝動的にスニーカーを放り出しその背中を追う。

「理有ちゃん」

「なに？」

「理有ちゃんと話したいの」

「何について？」

「いろいろ」

「いろいろって言われても」

「理有ちゃん、広岡さんのことどう思ってるの？」

「既婚者じゃなきゃ晴臣くんと違って何の問題もなかったけど、杏が今してるのは不倫だよ」

「私のことじゃなくて、理有ちゃんはどうなの？」

「私は広岡さんのことは何とも思ってない。美容室以外で会ったのは一回だけだし、それもちらっと焼き鳥屋で焼き鳥食べて、じゃ、って感じ」

「じゃあどうして、あんなに何度もお店に通ってたの？」

「大丈夫だよ。杏と寝る男は、私みたいな女とは寝ない」

「広岡さんから聞いたの。理有ちゃん、ママが死ぬ前から、ママは死んでるって嘘ついてたって。ママが広岡さんの顧客だったからイプシロン通ってたんだよね？」

聞いたの、とやっぱり理有ちゃんは無表情で言う。

「私理有ちゃんのことがよく分からないんだよ。理有ちゃんのことが分からないし、これからどう付き合っていったらいいのか分からない」

「杏が私のことを分かってたことなんて一度でもあった？」

これまで見てきた理有ちゃんと、今目の前にいる理有ちゃんが同一人物だと思えない。つい一ヶ月前にマレーシアから帰国した時は、普通だったはずだ。私たちは再会を喜び、昔のように一緒のベッドで寝た。じゃあやっぱり、光也と付き合い始めてから、だろうか。確かにその頃から、理有ちゃんとすれ違うことが多くなった気がする。

「私は理有ちゃんと今まで通り仲良くしていきたい。光也さんとのことだって、全く反対する気持ちもない。広岡さんとだって、理有ちゃんが良くないって言うならもう会わない」

「今まで通り面倒見てください、尻拭いしてくださいってこと？　杏が広岡さんの奥さんに慰謝料請求されたら私に払ってくれとか言うわけ？」

「どうしてそんな敵視されてるの？　そんなこと言うなんて理有ちゃん普通じゃな

いよ」

「普通じゃないのは杏だよ。浮気性の彼氏に入れ込んで、浮気されて即不倫？　私は理性と節操のない人間が嫌いなの」

理有ちゃんは私を憎んでる。それが分かっただけで、もうこの話し合いには意味がないような気がした。私たちがいくら話しても無駄だ。不意に私は、もやっと煙が立ち込めている気がして辺りを見渡す。どこからも煙は出ていないし、匂いもしない。また発作なのだろうか。恐怖と怒りと脱力感が体中に、ぐちゃぐちゃに渦巻いている。

「何なの？」

「は？」

「きりってして、真面目ですって顔して、理性のない人間が嫌いだとか言って。理有ちゃんママのこと見殺しにしたじゃん！」

自分の大きな声が喉を痛めつけると同時に、喉を掻き切ったママの映像が頭に浮かぶ。喉から真っ赤な血を噴き出させて死んだママの姿が鮮明に蘇る。

「何の話？」

「理有ちゃん、救急車呼ぶなって言ったじゃん。死んだ方がママのためだって。あの時の理有ちゃんにどんな理性があったっていうの？　私はずっと、血を流すママの姿が頭から離れなかった。でも理有ちゃんはさらっとした顔でさらっと生きて、何の悔いも迷いもないですって顔して、真面目な顔して不倫は駄目ですとか言っちゃって、何なの？」

「何言ってるの？　意味が分からない。杏、ママは心筋梗塞で死んだんだよ」

「何言ってんの？　こっちこそ意味が分からない。棺桶の中のママの遺体見て、うまく傷口隠したねって、理有ちゃん言ってたじゃん」

「杏、どうしちゃったの。ずっとそんな風に思ってたの？　確かにあの時私たちは寝てて、寝ぼけてたかもしれないけど、ママから着信があって出ても何も音がしなかったって、だから心配でおばあちゃんたちが駆けつけてくれたって、話したよね？　私はおばあちゃんたちが家に来た時に起きたの。おばあちゃんたちと一緒にママの部屋に入って一緒に遺体を発見した。ママ、泡吹いてひどい状態だったから杏には見せたくなくて、遺体の搬送作業が始まる前にって、救急車を呼んですぐ私は杏を起こして、おばあちゃんと三人でおばあちゃんちに移動したの。覚えてる？　タクシーの中で手を握って、二人で泣いたよね？」

「……理有ちゃん、正気？」

「杏、あんた、ママがどうやって死んだと思ってるの？　あの日何があったと思ってるの？」

ママの部屋から大きな音がして、私たちが部屋を見に行ったら、ママが首を掻き切って死んでいた。理有ちゃんはママはもう助からない、この方が良かったんだと私を言いくるめ、救急車を呼ばなかった。二人でベッドに潜って泣いて、しばらくするとおじいちゃんおばあちゃんが来た。私たちは車で実家に移動させられ、その車内でママが心筋梗塞で倒れていた、多分助からない、と聞かされた。私と理有ちゃんは、おじいちゃんおばあちゃんがママの自殺を私たちに隠すつもりなのだと悟り、秘密を二人で共有していくことを、覚悟した。

そう話す気に、なれなかった。理有ちゃんは、頭がおかしくなってしまったのだろうか。あの日の記憶が辛すぎて改竄《かいざん》してしまったのだろうか。でも理有ちゃんが嘘をついていないとしたら、記憶を改竄しているのは私の方ということになる。そんなことあり得ない。あの飛び散ったママの血も、ママの見開いた目も、羊のぬいぐるみを抱いてママの部屋から飛び出した時のあの足の震えも、あの部屋に充満していた血の生臭さも、ベッドの中で握っていた理有ちゃんの手のぬくもりも、私は鮮明に覚えている。

「羊のぬいぐるみは？　私、ママの部屋から持ち出したでしょ？　ママが死んだあの時、あの部屋から羊だけ取ってきたでしょ？」

「私があれを持って行ったんだよ。何があったのかって、杏が不安になると思ったから、杏の一番好きだったぬいぐるみを持って、一緒におばあちゃんちに行こうって、杏を起こして言ったんだよ」

この人は、何を言っているんだろう。私は理有ちゃんの話す言葉に綻びがないか、必死に耳に全神経を注ぐ。

「広岡さんに、ママが死んでるって言ってたのは何でなの？」

「……あの頃、私はずっとママの真似《まね》をしてたの。ママが読んでた本はほとんど読んだし、映画雑誌のアンケートでママがオススメ映画ベストテンに挙げてた作品は全部十回以上観《み》た。ママの部屋にある、ママのインタビューの載ってる雑誌を隠れて読んで、ママのことを調べまくってた。ママの財布に広岡さんのお店のカードが入ってたのを見て、行ってみたいってずっと思ってて、四年前、初めてパパの苗字で予約を取ったの。広岡さんには、ママの娘だって知られたくなかった。広岡さんの前では、私が中城ユリカだって気持ちでいたの。だから、ママは死んでるって言ったの。気持ち悪いって思うかもしれないけど、これが本当のところ」

「ねえ理有ちゃん、本当に、ママが心筋梗塞で死んだって、思ってるの？」

「止めてよ。あの後、ママの自殺疑惑がネット上で流れたりしてるの見て、私は本当に嫌な思いをしてきたんだよ。何なの杏まで。疑うならおじいちゃんとおばあちゃんに聞けばいい」

「おじいちゃんとおばあちゃんは、ママが自殺したのを隠すために私たちを家から連れ出して、家のクリーニングとママの特殊メイクまで手配したんだよ？　本当のこと話してくれるわけない」

杏……と、驚きと同情の色を帯びた理有ちゃんの目が恐ろしくて、私は目を逸らす。何が本当で何が嘘なのか、私の記憶は確実に、偽りない過去を映し出しているはずなのに、自信が持てなくなっていく。落ち着いて杏、ちゃんと話をしよう、杏？　どうしたの？　上がってきた息を止められず、私は肩を上下させて無理やり大きく息を吸い込む。空気はほとんど吸えず、ああ発作だと諦めのような気持ちで胸に手を当てる。

「どうしたの杏、苦しいの？」

「大丈夫。すぐ治るの」

「苦しいの？　横になる？」

　ソファに横になって、掻きむしるようにパーカーの前を開ける。理有ちゃんはペットボトルの水を持ってきて、飲む？　とキャップを外して私の口の前まで持ってきた。一口飲んで天井を見つめると、頭上に分厚い雲がかかったような不安が襲ってくる。目眩《めまい》がして、メリーゴーランドに乗っているように天井が回って見えた。どうしようと思っちゃ駄目だ。大丈夫すぐに終わると思わなければ。広岡さんも言っていた。どうしようとか、死ぬかもとか考えていると、恐怖とパニックが加速してしまうと。パニックのパターンを把握して、無闇に怯えないことが大切だと。

「これまでにもあったの？」

　理有ちゃんの言葉に胸を押さえたまま何度か頷く。すぐ治るから、と呟くと、理有ちゃんは不安そうな表情のまま私の髪を撫でた。こうして理有ちゃんが優しくしてくれるなら、もうママの死因が何であろうと、どうでも良いような気がした。晴臣は浮気をした、広岡さんには奥さんがいる、ママはいない、私には理有ちゃんしかいないのだ。激しい頭痛と目眩、動悸と息切れは、マックスに激しいのは十分程度だけど、一度治ってきたと思って安心していると、ぶり返してまた激しくなったりもする。まだ駄目だ、まだ安心できない、まだ起き上がれない。自分の中では全く息が吸えていない感覚なのに、過呼吸なのだろうか手足が痺れていく。ぱっ、ぱっ、とスライドショーのように、今まで目にしたこともないような残酷な拷問や体罰、虐殺の様子が頭に浮かんでいく。そして次に浮かんでくるのは、それ以上に恐ろしいことがこれからこの身に降りかかるという確信だ。何の根拠もない、何の脈絡もない。分かっているのに、私は自分の運命がこれから恐ろしい方向に向かっていくと確信している。

「大丈夫、きっと、パニックみたいなやつだよ。すぐに落ち着く」

手繋いで、と呟くと、理有ちゃんは私の手を取って、包帯に戸惑いながら優しく握りしめた。その瞬間、理有ちゃんから微かにコーヒーの匂いがして、光也の顔が頭をよぎる。大丈夫、すぐに良くなる、大丈夫。理有ちゃんの言葉に、目を閉じたまま僅かに頷く。理有ちゃんの手の温《ぬく》もりは、私の気持ちをぐんぐんと温め、安定させているようだった。何分そうしていただろう。次第に呼吸が楽になり、胸の苦しさが緩和されていく。不安の雲も少しずつ晴れていっているのが分かった。良かった、今回も、死ななかった。うっすらと目を開け、目が合った理有ちゃんに何度か頷いてみせる。

「杏はママの世界に行ったんだね」

「え？」

「ママはいつも怖がってた。いつも何かに怯えてた」

静かな口調で言う理有ちゃんはとても穏やかな顔をしていて、私は頭のてっぺんから泥をぶちまけられたような嫌悪感に顔を歪める。

「やめてよ。パニックなんてなりたくてなってるんじゃない」

「私はママが好きで、ママになりたいとまで思ったけど、見た目も性格も全然ママに似てなかった。杏は本当に、ママにそっくりだね」

「理有ちゃんにはパパがいるじゃない」

どういう意味？　理有ちゃんが視線を鋭くして私を睨みつける。

「理有ちゃんにはパパがいるでしょ。いつもパソコンで話してるじゃない」

何言ってるの？　理有ちゃんがまた完全な無表情になって、ロボットのような顔で私を見つめる。

「いつも理有ちゃんが誰もいない画面に話しかけてるの、私知ってるよ。私が知らないと思った？」

「何のこと？」

「理有ちゃん、ママの死はあんなに簡単に、冷淡に受け入れたのに、どうしてパパの死は受け入れられないの？」

「何のことを話してるのか、全然分からない」

理有ちゃんは筋肉を一つも動かしていないように言うと、ペットボトルの水を床に置き、黙ったまま立ち上がりリビングを出て行った。ギイ、と音がして、理有ちゃんが部屋に入ったのが分かった。私も全ての表情をなくして、もうほとんど上下しなくなった胸から手を離す。ソファから起き上がると、ペットボトルの水を一気に半分飲み込んだ。今にも、理有ちゃんがナイフを持って私を殺しに来るんじゃないかと思ったけれど、リビングも理有ちゃんの部屋もしんとして、全てが静止していた。まるでこの家には誰も居ないみたいに、私も理有ちゃんもしんとしていた。

ねえパパ。杏はおかしくなっちゃったみたい。もう二人で暮らしていくのは無理かも。

私の言葉に返事はない。パソコンの画面は真っ暗なまま、何も映し出さない。

私はママの幸せを願っていた。強烈に、熱烈に、どうしたらママが幸せになれるかを考え続けてきた。でも私は、母親にそんな風に考えてもらっていると感じたことはない。私は何故、ママにあんなにも幸せになってもらいたかったのだろう。それは、ある意味ママへの反発心だったのかもしれない。ママは幸福であったことも不幸であったこともなかった。ママの世界にあったのは、小説が完成していない世界と、小説が完成した世界だ。小説を完成させてから数週間は小説が完成した世界、それを過ぎるとまた新しい小説を書き始め、小説の完成していない世界に没頭し、小説の成就だけを目指した。私はそういうママに反発した。現実生活をおざなりにして、日常を軽視して、二つの小説の世界にしか生きられなかった彼女のような人間への反発。私はつまり、ママが否定していたある種の感情を、ママに対して強烈に持ち続けたのだ。それは他人への激しい執着であり、愛情であり、相手に幸せになってもらいたいと願う気持ちだ。私のママへの反抗は、ママを愛し、ママの幸福を祈ることだった。そんな私を、ママは拒絶し続けた。私が中学生の頃、遅くまで帰ってこないママを心配して、深夜四時過ぎまでリビングで勉強しながら待っていたことがあった。そこまで心配していたということは、多分ママが不安定な時期だったはずだ。帰ってきたママに水を出し、心配した、と言うと、ママは心底嫌そうな顔で言った。「私は、心配されると死にたくなるの」。半ば呆然としてごめんと呟く私から目を逸らし、ママは黙ったまま自分の部屋に入って行った。そんな風に拒絶されても、私はママの幸せを祈り続けた。ママのことを、かけがえのない、大切な存在と思い続けた。心配し続けた。でも、私はそうしてママと相反する性質の人間であり続けながら、ママ自身になりたいという矛盾した憧れも持ち合わせていた。ママのインタビューは紙媒体もネット媒体も読み尽くし、彼女の小説は本になる前にママの部屋に潜り込んで原稿で読んでいた。ママがどんな風に原稿に赤入れをして、どんな風に推敲《すいこう》していくのか、校閲の書き込みにはどんな風に応えているのか、どんな資料を読み、その資料をどんな風に小説に活かしているのか、私はママのストーカーのように、彼女の原稿を読み漁った。ママは、そんな私の様子に気づいていなかったのだろうか。最後まで、ママからそれらのことについて言及されたことはなかった。あるいはママにとって、執着心から行われた私の行為は、言及に値するほどのものではなかったということなのだろうか。

「パパにとって、ママは何だったの？」

「俺とユリカはフェアだった」

眉間に皺が寄っていくのが分かる。パパは何か、誤魔化そうとしている、私を煙に巻こうとしている。そう思った。

「理有はユリカの奴隷で、杏の保護者だった」

私は眉間に皺を寄せたままカメラを睨みつける。

「ユリカは俺以外の誰ともフェアな関係を築けなかった。そのことに絶望していた」

黙ったまま真っ暗な画面を見つめ、私は息をついて外付けカメラを外した。もうパパの声が聞こえることはないだろう。主人公が死んでしまった恋人と画面越しに喋るシチュエーションは、ママの短編で使われていたものだ。小説を読んだ時には滑稽だと思ったけれど、実際やってみると意外に心地良く、それは私の習慣となった。でも今日は違った。今日はただただ、パソコンに向かって話す自分がおぞましかった。私はメールボックスを開くと、バッグから出した高橋の名刺に書かれたメールアドレスを打ち込み始めた。

理有ちゃん。理有ちゃん。くぐもった声に四肢を蠢《うごめ》かせ、僅かに目を開ける。理有ちゃん。声と共に、体に走る感触に気がついた。杏？　声を出して目を開けると、私の腕の動きと共に布団が擦れる音がした。私が動きを止めると、布団の音は止まった。夢か。私は掛けっぱなしだった眼鏡を外してサイドテーブルに置き、また目を瞑《つむ》った。杏はもう私の布団に潜り込まない。私はもう、杏の保護者ではない。

再び目が醒《さ》めると私はいつもの寝室にいて、ドアを開け廊下を数歩歩くと何一つ乱れたところのないいつものリビングがあって、昨日ここで杏と話したのは夢だったんじゃないかと思いながらコーヒーをいれた。光也がこの間挽いてくれたエクアドル産の豆だった。光也と知り合ってから、私もコーヒーについて少しずつ詳しくなっていた。豆の産地や、焙煎《ばいせん》時間や方法、ハンドドリップのやり方、色々教えてもらった。私はもう、杏という存在に惑わされず、ママやパパという存在にも惑わされず、日々を送ることができるだろう。

寝ているなら起こさないようにとゆっくり開けたドアの向こうに、杏の姿はなかった。杏はきっと、私が眠ってすぐ、夜中の内に出かけたのだろう。杏はいつもそうだ。私が思うほど、私のことを思っていない。いつも私は、その事実に拍子抜けするのだ。少しずつ、自分が何かから解き放たれていくのを感じる。

クロワッサンを食べながらスマホを見ていると、高橋からメールが入った。メールありがとうございます。ユリカさんの原稿をお送りします。何か気づいたことや気になることがあれば連絡ください。と簡潔な言葉の後にワードとテキストのデータが一つずつ添付されている。私は少し迷ってから、ワードの方を先に開く。母の、懐かしい文章だった。これから先母の新しい文章を読むことは二度とないのだと強く思っていたせいか、胸の中にどっと何かが溢れ出してきたのを感じる。一文一文がぎしぎしと音を立てて私の中に入り込んでくる。それは山のように積み上がった瓦礫《がれき》の中に丸太を突っ込んでいくような作業で、ガラスに爪を立てるような不快感を伴うものだった。二十枚はものの十五分で読み終わった。この続きも結末も読めないのだと分かっていたのに、あまりにも不意に途切れた文章に私は戸惑っていた。瓦礫の上に投げ出されたような気持ちでデータを閉じ、次にテキストデータを開いた。主人公の夫の最後のメッセージとして、プロローグとして入れたいと母が提案したというその文章を一目見て私は気づいた。これは母の文章ではない。混乱しながら、私はチャットで送られたようなブツ切れの文章を読んでいく。最後まで読み終えて思う。これは、パパの文章ではないだろうか。そう思い始めると、そうとしか思えなくなっていく。でもどうして。繰り返し文章を読んだ後、私は一つの仮説にたどり着く。これは実際に、死を前にしたパパがママに宛てて送ったメッセージだったのかもしれない。離婚からものの一年で進行性の癌を発症したパパとママが連絡を取り合っていたのかどうか、私は知らない。父方の祖父の話だと、パパは全ての見舞いを断っていたという。でもだとしたら、ママが書こうとしていたストーリーにも納得がいく。ママはパパの文章をプロローグに使い、夫に先立たれた妻の話を書こうとしていた。もしかしたらママはパパが死んで初めて気づいたのかもしれない。唯一自分がフェアな関係を結んでいた相手がパパだけだったということに。ママが精神状態を崩したのは、思えばパパが死んだ頃からではなかっただろうか。でももう、何も分からない。ママのパソコンもスマホも、ママの遺言通りデータも含め破棄してしまった。ママが何を考えていたのか想像するためのヒントは、もうこれ以上は出てこないのだ。ミントを噛《か》んだような冷たさが、体中を走り抜けた。

私はもう、パパとも、ママとも、対話できない。私はもう、自分の中に保存された記憶や情報にアクセスしたり引き出したり更新したりしながら、ママを形作っていくしかない。そしてそのママは、もはや現実に存在したママとは全くの別物だ。ネット上にあるママの情報を見ても、それらが実在したママとは必ずしも結びつかないように、私の記憶の中にあるママの情報もまた、必ずしも実在したママとは結びつかない。私と杏のママ像にここまで差がある事実を鑑みると、そもそも人が捉えている誰かの人物像なんて、記憶の中のどの情報を採用するかによって一方的に構築されていくものであって、例えば私がママの記憶の中に小説というアイコンを置いていなかったとしたら、私のママ像というものは全く違う、例えばもう少し温かみに満ちたものになっていたのかもしれない。何より、私と杏はママの死因すら共有していないのだ。今となっては、何が真実であったのかという議論には意味がない。私たちは中城ユリカの死因の中から、それぞれ別のものを採用したのだ。どちらかが事実に反する情報を選び取り保存していたとしても、私たち二人ともが事実に反する情報を保存していたとしても、それは誰かに責められるようなことではない。そもそも情報を取捨選択するということは、誤解や偏見込みでものを認識するということに他ならないのだから、選択基準の差違に突っかかって何故あなたはそういう人間なのかと議論することには意味がない。私たちは巨大なデータベースと共に生きていて、もはやそこから決定的な嘘も、決定的な真実も捉えることはできない。文字、画像、映像、あらゆるデータを無制限に保存できるようになった私たちは、それらがどれも加工修正可能な、不確かなものでしかないと思い知らされた。私たちにできるのは、どの情報を採用するかという選択だけだ。

でも光也とだったらどうだろう。私たちは、膨大なデータから何を引き出すか、何を採用するか、一つ一つゆっくりと、二人で吟味することができるのではないだろうか。何が正しく、何が間違っているか話し合い、二人にとっての真実の基準を作り上げていけるのではないだろうか。そしてその価値判断の連なりこそが、血の繋がりや性別、年齢や出自などよりも強固で必然的な繋がりを作る要素になり得るのではないだろうか。

私はずっとママの魔法にかかっていた。ママの全然素敵じゃない魔法にかかっていた。ママの魔法から解き放たれて今私は思う。ママに会いたい。ママに抱きしめてもらいたい。でも私が会いたいママは、かつてこの世に存在していた母ではない。それは私の中にしか存在しない、私だけのママだ。

「理有ちゃん見てこれ〜」

というコメントと共にスナップチャットで送られてきた画像をタップして開くと、ベリー系の果物と生クリーム、シロップに彩られたお洒落《しゃれ》なパンケーキと、両手を頬に当てムンクの叫びのような表情でパンケーキを見つめる杏が写っている。五、四、三、二、一、とカウントダウンされ、画像はすぐに消えてしまう。テロのような勢いで表示され消えていった画像に頭が追いつかないでいると、すぐにまた画像が入ってきた。

「こっちもすご〜い！」

キラキラと輝くバニラアイスとバナナ、山のような生クリームにチョコシロップがかかったパンケーキの向こうには、パーにした両手をこちらに向け、口を丸く開け驚いたような表情を浮かべる晴臣くんがいた。五、四、三、二、一。でまた画像は消えた。

ぼんやりしたままホーム画面に戻って、私はもう一度杏とのチャットページを表示させてみる。一度見ると画像もチャットも消えてしまうSNSだから、杏のページにはもう何も表示されていない。今さっき見た画像は、幻ではなかっただろうか。杏に自殺を幇助したと言われ、パパと嘘のスカイプをしていると言われた。だとしたらこのチャットももしかしたら私の妄想なのかもしれない。頭の中に残ったパンケーキの残像に、もう一度ピントを合わせる。杏がいつも晴臣くんの浮気を許しては裏切られ、それでも許してしまうのは、彼女が人間の連続性を認めていないからかもしれない。浮気をした晴臣くんが、数日経って浮気をしていない晴臣くんになったら、杏は彼を許さない理由が分からなくなってしまうのかもしれない。刑罰の意味を受け入れない人間なのだから、そういう思考回路になっていてもおかしくはない。そしてそれは別段、悲劇的なことでもないのかもしれない。

「晴臣くんと仲直りしたの？」とチャットを入れると、「しばらくオミと広岡さん「両方と付き合ってみることにした」と立て続けに入ってきた。思わずくすっと、笑いが溢れた。杏は今、あちこちを彷徨いながら、自分の大切なものを探し、拾い集めている途中なのかもしれない。だとしたらその果てにあるのがまだ名前のない人間関係であったとしても、それは誰かに責められるようなことではない。今日の授業が終わったら、光也のお店にコーヒーを飲みに行こうと思った。光也に会って、杏の顚末《てんまつ》を報告して、困った子だよねと笑い合いたかった。私と光也は、母と父が結んでいたフェアな関係とは全く違う、フェアな関係を築くことができるだろう。互いの幸福を追求し、互いを幸せにする努力をし、互いを求め合うだけの関係を築くことができるだろう。

解説

雲に預ける言葉

綿矢りさ

生まれては消えてゆく、言葉のやりとり。その場限りのはずの感情が、携帯電話という身近な小さな機器のなかに残ってしまうことに、確かにメールなどを使い始めた頃は違和感があったかもしれない。でもあまりに慣れ親しんで複数の人間と大量のメッセージのやりとりをして、ツールもメールだけでなく次々と新しいものが出てきて嬉々として使っている合間に、感情の遺物がどんどん電子のなかに蓄積されるのに慣れていった。改めてメッセージのやりとりを読み直すと、色々あるものだ。もう会うことも無さそうな人からの甘い言葉とか、感情に任せて自分が書いた、陶酔感たっぷりの言葉とか。あのとき、なんであんなことを書いて送ってきたの？と当時の画面を差し出されたら、確かに返答に困るだろう。あのときの自分と、いまの自分はもうほとんど違う人間だから。

本書に登場する「スナチャ」もとい「Snapchat」とは、本文中の言葉を借りると「(履歴が)消えちゃうからその時を共有できるんだよ。リアルで一緒に楽しいことしてても、記憶にしか残らないでしょ? それに残ると思ったら言えないこともあるしね」という利点のあるSNSアプリだ。とても人気のあるアプリらしいが、私は金原さんに「Snapchatやってる?」と以前に訊《き》かれたときに、初めて存在を知った。その頃金原さんは長い間フランスに住んでいたから、フランスで流行っているSNSなのかなと思っていたけれど、あとから調べたら全世界で使われている人気のアプリだった。

物語のなかでスナチャを愛用しているのは、主人公姉妹の妹である、高校生の杏。浮気癖のある彼氏の晴臣に苦しめられているが、どうしても別れられない。人形のような美しい顔立ちで、人の目をひく。姉の理有は半年のマレーシアでの留学から帰ってきたばかりで、再び本文中から文章を借りると、「(美容師から女心をくすぐる言葉を言われて)がさつで気の利かないこういう男が、たまにこうして君からちゃん付けに呼び方を変えてこういうことを言うと、女は手放しで喜ぶ。手放しで喜べない自分に軽く傷つ」くような女性だ。理有は杏よりもクールなタイプで、個人的な悩みごとにはとらわれず、果たして日本は自分にとって居心地の良い場所なのか、自分たちの両親とは一体どんな人間なのかというようなことに目を向けている。

そんな彼女が父親とコミュニケーションを取る手段として使っているのが、スカイプだ。こちらはパソコンのカメラを使って、相手の顔を見ながらリアルタイムでコミュニケーションができるツールで、距離の離れた場所にいる人とのやりとりに便利だ。彼女は長女ゆえ母親との結びつきが強いのか、強迫神経症で鬱でアル中の母親の思い出に、未だにとりつかれている。

これまで馴染みの無かった母親業を最近するようになった身としては、姉妹が回想するママの描写のリアルさがとても好きだ。子どもにとっては冷淡で、母親としての役目をちゃんと果たせない女性ではあるが、彼女も苦手なりに結構努力してみたんじゃないかなぁと思う。「同い年の子どもがいて近くに住んでいる」という点しか共通点の無いような相手と世間話をするというのは、コミュニケーション能力に自信の無い人間にとってはなかなかハードルが高いが、彼女はたとえ世間話をこなしたあとはずっと無表情になって黙りこくるとしても、一応会話と愛想笑いは頑張っていたのだから。

理有の話に戻ると、母との関係が辛かったせいか、彼女は離れて暮らしていても、例えばぬいぐるみを見たときや関係ない他人との会話のさいちゅうでも、母親のことを思い出す。

スカイプを私がやったときに感じたのは、画面の向こうにいる相手によほど思い入れが無いと、段々飽きてしまうということだ。何時にまたスカイプしようね、と約束しても、新鮮みが薄れてくると画面の前に座るのが億劫になり、スカイプ中に飲み物を取りに行ったりして、つないでいるのに無人状態が続いたり、会話がだれてしまう。理有が律儀に父親とのスカイプを続けるのは、彼女の性格ゆえもあるだろうが、辛い思い出が多いせいで逆に常に思い出してしまい、思考の上ではいつも母親と一緒に居るようになった距離の近さと、好きではあるが日常的にはあまり思い出さない父親との距離の遠さのアンバランスを、埋めようとしているかのようだ。たとえ現実は直視できないほど繊細な面があるとしても、理有のなんとか内側から自分を建て直そうと努力している健気さは、本書の随所で光っている。

杏の彼氏の晴臣は、子どもっぽいところはあるが、すごく魅力的な男性だ。金原さんの作品を読んでいてよく魅力を感じるのは、明るくてノリが良くて今風の若者なんだけど、どこか本人にも手に負えない、ブレーキが壊れて止まるべき線を越えてどんどん逸脱する男性のキャラクターが登場する場面。根本が無邪気な分、どうしても直せない危ない部分が浮き彫りになり、ハラハラして切なくなる。どれだけ好き放題に生きているように見えても、どこか地に足はついている女性の主人公が、想像の範囲を越えた彼氏の逸脱っぷりに戸惑う姿が、独特の研ぎ澄まされた文体に、より疾走感を加えているように思う。晴臣が他の女性とベッドインしていたのを杏が目撃する場面を読んでいると、浮気というのはもはやバレてこそ完結する形の愛なのかとさえ感じる。

大病をしてICUに入っていたときの経験が、晴臣自身にも、当時から付き合っていた杏にも深い影響を及ぼしている。杏は母親の凄絶な自死の場面を目撃し、しかし病死だと周りから言い聞かされ、つまり自分の目で目撃したはずの母親の死因をごまかされて混乱している。杏は恋人とも家族とも、死にまつわる思い出を共有して深く結びついている。

理有は光也という人の良さそうな男性に惹かれるが、彼が自分の母親の小説を読んでいたと知るだけで、一気に複雑な思いを抱えてしまう。母の影は仲の良かった姉妹の関係にまで暗い翳を落とすが、両親とも不在で母親の役割を姉が担っている中城家が、不均衡の上に成り立っているのは明らかだから、むしろ姉妹の仲が上手くいっていることこそが奇跡で、この物語にとっての希望だった。

共有している秘密によって、姉妹の結びつきが再び強まるのか、それとも離れていくのかは分からない。ただ杏の泡沫《うたかた》のような明るさも、理有の聡明な真面目さも、儚《はかな》いように見えて力強く残り続けていきそうな頼もしさを感じた。姉妹がお互いの性格の良い部分を知っている限り、周りの人たちの生き方や裏切りにどれだけ影響されても、二人はまたお互いの傷を癒やし合える存在になるのではないだろうか。

人の記憶は曖昧で、色々と抜け落ちて、すぐに忘れてしまうことも多いけど、そのおかげで、いまを生きることに我を忘れて没入することも可能なのではないだろうか。スマホを通して雲へと蓄積される自らの思い出の証もまた、忘れていい出来事でもあり、大切な出来事でもある。いつかは消えていく大事な記憶だからこそ、この瞬間に味わいたい。

（わたや　りさ／作家）

クラウドガール
朝日文庫

2020年2月28日　第1刷発行

著　者　金原《かねはら》ひとみ

発行者　三宮博信
発行所　朝日新聞出版
〒104-8011　東京都中央区築地5-3-2
電話　03-5541-8832(編集)
03-5540-7793(販売)
印刷製本　大日本印刷株式会社

ISBN978-4-02-264950-8

村田　沙耶香
しろいろの街の、その骨の体温の
《三島由紀夫賞受賞作》

クラスでは目立たない存在の、小学四年と中学二年の結佳を通して、女の子が少女へと変化する時間を丹念に描く、静かな衝撃作。《解説・西加奈子》

あさの　あつこ
アレグロ・ラガッツァ

フルートに挫折した美由は、高校の入学式で個性的な二人の同級生と出会う。吹奏楽部の春から夏までを描くまぶしい青春小説。《解説・北村浩子》

柚木　麻子
嘆きの美女

見た目も性格も「ブス」、ネットに悪口ばかり書き連ねる耶居子は、あるきっかけで美人たちと同居するハメに……。《解説・黒沢かずこ（森三中）》

西　加奈子
ふくわらい

不器用にしか生きられない編集者の鳴木戸定は、自分を包み込む愛すべき世界に気づいていく。第一回河合隼雄物語賞受賞作。《解説・上橋菜穂子》

窪　美澄
クラウドクラスターを愛する方法

「母親に優しくできない自分に、母親になる資格はあるのだろうか」。家族になることの困難と希望を描くみずみずしい傑作。《解説・タナダユキ》

吉本　ばなな
ふなふな船橋

父親は借金を作って失踪し、母親は恋人と再婚。十五歳で独りぼっちの立石花は、船橋で暮らす決断をした。しかし再び悲しい予感が……。